Gerhard Moser

Gerhard Moser, geboren 1955 in der Nähe von Offenburg, machte 1972 seine Ausbildung zum Altenpfleger. Nach seinem Examen war er in verschiedenen Heimen und Kliniken in ganz Deutschland tätig. Im Oberbergischen baute er schließlich einen privaten Pflegedienst auf. Der Liebe wegen zog er 1999 nach Köln, wo er nach längerer Krankheit aus dem Pflegeberuf aussteigen musste und bis vor einigen Monaten eine ambulante medizinische Fußpflege und private Seniorenbetreuung betrieb.

Seit 2017 veröffentlicht er mit seinem Mann die Erlebnisse ihrer gemeinsamen Reisen auch auf der eigenen Blog-Seite, kombiniert mit Achims fantastischen Fotos, die er mit Leidenschaft überall digital festhält. Diesen Blog kann jeder kostenlos einsehen und einen Kommentar dazu abgeben. Über diesen Blog ist es auch möglich, mit dem Autor Kontakt aufzunehmen.

https://die-weltenbummler.blog/

Dieses Buch widme ich meinen Mann Achim,

der meinem Leben durch seine Liebe

immer wieder Flügel verleiht,

und so den Glauben an mich selbst stärkt.

Und das seit über 25 Jahren.

Gerhard Moser

Der Fisch in der Heizung

Geschichten eines Pflegers

Texte: Gerhard Moser

Umschlag: Achim Kurtz

Verlag & Druck: tredition GmbH, Halenreie 40-44, 22359 Hamburg

ISBN

Paperback 978-3-347-11077-9

Hardcover 978-3-347-11078-6

e-Book   978-3-347-11079-3

Inhalt

Wie mir meine Berufswahl „aufgezwungen" wurde

Mit siebzehn Jahren machte ich den Realschulabschluss. Welchen Beruf sollte ich nun ergreifen? Mit dieser Frage hatte ich mich nie groß auseinandergesetzt. Nur eines war mir klar: Mein Beruf sollte viel mit Menschen zu tun haben. Büroarbeit oder Maschinen, nein Danke! Helfen wollte ich, täglich mit recht vielen Menschen in Kontakt kommen.

Welche Möglichkeiten boten sich da? Lehrer oder Pfarrer – ja, das wäre schon was für mich gewesen, aber dazu hätte ich das Abitur und anschließend ein Studium benötigt. So lange wollte ich die Schulbank nicht mehr mit meinem Hosenboden blank wetzen. Also ging ich zum Beratungstermin beim Arbeitsamt. Und da fand ich ein Berufsbild, das mir auf Anhieb gefiel: Diplom-Pädagoge! Behinderte oder schwererziehbare Kinder und Jugendliche betreuen, das konnte ich mir gut vorstellen. Je mehr ich mich mit dieser Idee auseinandersetzte, umso schöner erschien mir dieser Beruf. Allerdings musste ich dazu das Fachabitur nachholen und dann in Freiburg studieren. Doch das fand ich durchaus akzeptabel, zumal ich das Fachabitur innerhalb eines Jahres an der gleichen Schule machen konnte, an der ich dann das Studium zum Pädagogen absolvieren musste. Das Studium selbst würde dann nochmals drei Jahre in Anspruch nehmen. Begeistert schwärmte ich meinen Eltern vor.

„Pädagogen werden immer gebraucht. Davon wird es nie zu viele geben ..." Damals traf dies noch zu, heute sieht die Lage völlig anders aus.

Mein Vater, der zu Hause immer das entscheidende Wort zu sagen hatte, stimmte meinen Plänen tatsächlich zu. Ich war happy. So machte ich einen Termin mit dem Leiter der Fachhochschule aus und fuhr in der folgenden Woche nach Freiburg. Das Gespräch mit dem freundlichen Herrn bestärkte mich in meiner Entscheidung, die richtige Berufswahl getroffen zu haben. Aufnahmeantrag, Studienleitlinien, Lehrgangsgebührenordnung, er gab mir einen Packen Papiere mit, die ich von meinem Vater unterschrieben, baldigst an ihn zurücksenden sollte. Mündlich hatten wir soweit alles besprochen. Da ich schon mal in Freiburg war, besuchte ich noch ein älteres Ehepaar, das ich von der Jugendarbeit her kannte. Sie freuten sich mit mir, dass ich mich für diesen Beruf entschieden hatte.

Nach einem ausgiebigen Mittagessen, das meinen immer hungrigen Magen beruhigte, hatten sie für mich noch eine Riesenüberraschung parat: Sie boten mir in ihrem Haus ein möbliertes Zimmer mit Dusche und Kochnische an und das auch noch mietfrei! Mein Glück war vollkommen. Ich sah die Zukunft in den herrlichsten Farben. Voll innerer Freude fuhr ich am Abend mit dem Zug nach Hause und berichtete meinen Eltern sehr ausführlich von der tollen Schule, dem mietfreien Zimmer und dem schönen Freiburg. Zum Schluss gab ich meinem Vater die ganzen Unterlagen, mit denen ich mich vor lauter glücklichen Zukunftsgedanken gar nicht beschäftigt hatte, zum Unterschreiben. Ich bat ihn, sie möglichst bald zu unterschreiben, damit mir niemand diesen tollen Studienplatz wegschnappen konnte.

Die kalte Dusche kam am nächsten Abend. Mein Vater bat mich ins Wohnzimmer. Schon das allein war für mich ein Warnsignal, denn ins Wohnzimmer zu kommen bedeutete immer, dass etwas

Außergewöhnliches passierte sein musste. Es war mir klar, dass Vater in den Formularen etwas gefunden haben musste, was er nicht akzeptieren konnte. Verflixt, warum hatte ich mir den ganzen Formularsalat nicht durchgelesen, oder wenigstens oberflächlich angesehen. Nun war es zu spät.

Und es kam dicke, ohne Schonung, ohne Alternative. Mein Vater sprach meist wenig, aber wenn, dann direkt und ohne großes Drumherum.

„Diese Schule kannst du dir aus dem Kopf schlagen. Du wirst wohl nicht erwarten, dass wir zu Hause Pellkartoffel und Quark essen, nur um dir dein Studium zu finanzieren. Such dir einen anderen Beruf. Das Studium ist entschieden zu teuer."

Das saß! Es gab für ihn nichts weiter zu erklären. Ich brachte kein Wort heraus. Den Tränen nahe, ging ich auf mein Zimmer und handelte treu meiner Devise: Erst eine Nacht darüber schlafen, morgen sieht die Welt anders aus. Doch Vaters Meinung änderte sich über Nacht in keiner Weise. Trotzdem hatte ich Hoffnung. Um den Studienplatz belegen zu können, war ein Praktikum von mindestens sechs Monaten Dauer in einer sozialen Einrichtung vorgeschrieben. Diese Zeit erschien mir lang genug, um meinen Vater irgendwie doch noch von der Richtigkeit meiner Pläne zu überzeugen. Außerdem gab es für dieses Praktikum Geld. Ich wusste zwar nicht, wie viel, aber vielleicht ..., wenn das selbstverdiente Geld ... und von meinen Eltern dann der Rest?

Eine Praktikantenstelle war schnell gefunden. In einem Altenund Pflegeheim in der nahen Stadt bekam ich, nach persönlicher Vorstellung sofort eine Zusage. Am nächsten Ersten konnte ich anfangen. Bis dahin kämpfte ich noch mit vielen Fragen, und oft wurde ich unsicher, ob dieses Praktikum das Richtige für mich war. Unserer 80-jährigen Nachbarin einzukaufen und die Kohlen aus dem Keller zu holen war ja leicht und einfach; ihr die Zehennägel zu schneiden und die Hornhaut an den Fersen abzuhobeln, weil sie sich nicht mehr so tief bücken konnte, auch das war nicht schwer. Aber pflegebedürftige, bettlägerige Leute rundum versorgen?

Zu Hause war der Kummer groß, denn im Heim hatte ich nicht nur freie Verpflegung (waren die sich im Klaren, welche Mengen ich verschlingen konnte?), sondern auch ein kleines Zimmer stand mir zur Verfügung. Diese Gelegenheit, auf eigenen Füßen zu stehen, nutzte ich natürlich. Am Stichtag zog ich mit Vorfreude, einem kleinen Koffer voller Habseligkeiten, aber auch vielen Bedenken und einem etwas mulmigen Gefühl im Bauch los. Von meinem Vater hatte ich mich am Abend zuvor schon verabschiedet, da er morgens sehr früh aus dem Haus zur Arbeit musste. Als ich nun meiner Mutter „Ade" sagen wollte, fand ich sie nicht. Die Zeit war knapp und der Bus wartete meinetwegen bestimmt nicht. Ob es wohl angebracht war, gleich am ersten Arbeitstag zu spät zu kommen? Ich wollte aber auch nicht gehen, ohne mich von meiner Mutter zu verabschieden. Endlich entdeckte ich sie im Stall, wo sie meine Kaninchen fütterte, die ich nun leider auch zurücklassen musste. Aber in der Stadt begann für mich ein völlig neues Leben. Tränen rannen über ihr Gesicht. Es fiel ihr schwer, mich nun einfach so ziehen zu lassen. Mich kostete es viel Anstrengung, die eigenen Tränen zu unterdrücken. So machte ich den Abschied sehr kurz.

„Es sind doch nur zehn Kilometer", sagte ich mir auf dem Weg zur Bushaltestelle immer wieder, um standhaft zu bleiben. Zu meiner Überraschung waren in dem Heim auch viele jugendliche Patienten, mit denen ich mich auf Anhieb besonders gut verstand. Es machte mir viel Spaß, die alten Damen und Herren zu pflegen und zu betreuen. Für jeden hatte ich ein freundliches Wort oder ein Lächeln. Ich blühte förmlich auf. Vom ersten Tag an machte es mir nichts aus, wundgelegene Stellen zu versorgen, volle Windeln zu wechseln oder verwirrten Patienten ernsthaft zuzuhören, ohne zu lachen. Alle meine Befürchtungen erwiesen sich als grundlos. Die Zeit verging wie im Fluge. Im fünften Praktikumsmonat ließ mich der Heimleiter in sein Büro rufen. Hatte ich etwas falsch gemacht? War ich in irgendeiner Weise frech zu einem Patienten oder Mitarbeiter gewesen? Ich wusste, dass ich ein loses Mundwerk hatte, immer das sagte, was ich dachte. Jeder wusste gleich, woran er mit mir war. Dabei versuchte ich stets meine Kommentare so zu geben, dass niemand beleidigt sein konnte. Solche Gedanken gingen mir auf dem Weg zur Verwaltung durch den Kopf. Doch was da auf mich zukam, hatte ich nicht im Entferntesten geahnt. Zunächst bat mich der „Hausvater", wie der Chef von allen genannt wurde, Platz zu nehmen und ihm zu erzählen, wie es mir so ginge, und ob ich Spaß an der Arbeit mit den alten Leuten hätte. Der Hausvater war ein freundlicher, älterer Herr, in dessen Mundwinkel immer ein Lächeln hing. Nie hatte ich ihn verärgert oder böse gesehen. Nur wenn es um das Wohl der alten Leute ging, konnte er einen Mitarbeiter auch mal kräftig „zur Mina" machen. Seine nächste Frage allerdings ließ in mir die Vorstellung entstehen, dass er wohl etwas verrückt sei. Wollte er mein ganzes Zukunftskonzept über den Haufen werfen? Er bot mir allen Ernstes eine Ausbildungsstelle zum Altenpfleger an! Das gefiel mir nun ganz und gar nicht, hegte ich doch immer noch die große Hoffnung, meinen Vater von der Notwendigkeit eines Studiums überzeugen zu können. Dem Heimleiter erklärte ich kurzerhand, dass ich diesen Vorschlag erst überschlafen müsse. Die Idee fand er auch noch gut! Etwas in mir sträubte sich gegen eine direkte

Absage. In der folgenden Nacht schlief ich wenig. In meinem Kopf ging alles drunter und drüber. Was erwartete ich von meinem Beruf? Doch vor allem Umgang mit Menschen. Denen helfen, die sich wirklich nicht mehr selber helfen können. Die Ausbildungszeit sollte nicht zu lang sein. Das alles bot mir die Altenpflege! Und damit war meine Verwirrung perfekt! Da ich am nächsten Tag frei hatte, fuhr ich nach Hause und führte mit meiner Mutter ein intensives, langes Gespräch. Am Ende war für mich, ohne von ihr gedrängt worden zu sein klar, dass ich die Ausbildung machen würde. Drei Punkte gaben den Ausschlag: Meine Berufserwartungen deckten sich völlig mit dem Betätigungsfeld, das der Beruf mir bot; ich war vorerst in der Nähe meiner Eltern und bekam während der Ausbildung, zusätzlich zu freiem Wohnen und Essen, ein Taschengeld von monatlich 150,00 DM, was für mich eine Menge Geld bedeutete. Bis heute habe ich meine Wahl nicht bereut.

Der Fisch in der Heizung

Um 14:00 Uhr sollte die Schule beginnen. Jetzt wäre eigentlich meine Mittagspause gewesen. Die Zeiten von Schule und Stationsdienst waren bei uns Schülern recht unbeliebt. Eine Woche verbrachten wir von 8:00 Uhr bis 12:00 Uhr in der Schule und von 14:00 Uhr bis 19:00 Uhr auf Station. In der nächsten Woche hatten wir dann nachmittags fünf Stunden Unterricht und von 6:30 Uhr bis 13:00 Uhr Stationsdienst. Das waren für uns sehr lange Tage, da es abends auch noch zu lernen galt. Jedes zweite Wochenende stand noch zusätzlich Stationsdienst auf dem Plan. Alle drei Wochen hatten wir vier Tage dienstfrei und brauchten „nur" in der Schule zu erscheinen. So konnte man entweder ausschlafen, oder am freien Nachmittag das faule Leben genießen. Die meisten der Mitschüler nutzten diese Zeit natürlich zum Lernen. Da ich noch in Lernübung war und meine Hefte direkt im Unterricht führte, sparte ich mir viel Arbeit in der knappen Freizeit. Das Lernen fiel mir überhaupt nicht schwer. Ich konnte recht locker an die ganze Sache heran gehen. Andere Mitschüler mussten sich nach Jahren erst wieder an Schule und das ganze Drumherum gewöhnen. Da unsere Stationsschwester zu einer Besprechung gerufen worden war, musste ich den Mittagsdienst von 13:00 Uhr bis 14:00 Uhr an diesem Tag auch noch übernehmen. *„Ob das wohl seine Richtigkeit hat"*, schoss es mir durch den Kopf, *„wenn ein Schüler die Verantwortung für 34 Patienten übernimmt?"* Kopfzerbrechen bereitete mir dieser Gedanke kaum, da letztendlich die Stationsschwester ihren Kopf dafür hinhalten musste. Sie hatte mir schließlich diesen Dienst aufgebrummt. Was mich jedoch ärgerte: Diese Stunde hätte ich besser zu nutzen gewusst …

Auf der Station auf der unteren Etage war eine examinierte Schwester im Dienst, die ich im Notfall rufen konnte. Doch es herrschte absolute Ruhe. Was sollte schon geschehen? Fast alle Patienten lagen zur Mittagsruhe in den Betten. Die wenigen, die sich nicht hinlegen wollten, saßen im Aufenthaltsraum, unterhielten sich, lasen Zeitschriften oder dösten vor sich hin. Also setzte ich mich an den Schreibtisch im Dienstzimmer, sonst alleiniges Vorrecht der Stationsschwester, und nahm ein Psychiatrie-Fachbuch zur Hand. Plötzlich ertönte lautes Poltern und Klappern. Hatte Herr Meier einen epileptischen Anfall? Ich rannte auf den Flur und lauschte. Das Klappern kam aus dem letzten Zimmer auf der rechten Seite. Beim Öffnen der Tür bot sich mir ein Bild zum Schmunzeln. Frau Lang, eine 93 Jahre alte und in ihrer Art sehr liebenswerte Dame, saß im Bett, die Beine unter dem Bettgitter durchgezwängt und schlug mit ihrem Gehstock fortwährend gegen den Heizkörper. „Raus, raus, komm schnell raus! Das Wasser ist doch viel zu heiß", murmelte sie ängstlich vor sich hin. Behutsam ging ich auf sie zu und sprach sie leise an.

„Frau Lang, was ist los?" Sie blickte hoch und ihr Gesicht begann zu Strahlen.

„Gott sei Dank, dass du kommst! Schnell mein Junge, hilf ihm da raus, bevor er sich verbrüht." „Wer muss wo raus?", fragte ich vorsichtig.

„Ja, stell dich doch nicht so an, siehst du ihn denn nicht? Mein Goldfisch Florian kam zu Besuch. Weil ihm die Luft im Zimmer zu trocken wurde, wollte er eine Runde in der Heizung schwimmen. Aber kaum war er im Wasser, hat der dumme Hausmeister im Keller die Heizung aufgedreht. Und nun muss mein armer Florian sterben, wenn du ihm nicht sofort hilfst!"

Ihre Unruhe wurde immer stärker. Sie versuchte an den Heizkörper zu gelangen.

„Die roten Männchen warten nur darauf, dass er gar ist und sie ihn auffressen können!" Böse schaute sie zur Gardinenleiste hoch und schob drohend ihre Faust. Die arme Frau. Sie verkannte ja öfters die Leute, war zeitlich und örtlich völlig desorientiert, aber heute halluzinierte sie beängstigend. Ich versuchte erst gar nicht, ihr die wirren Gedanken auszureden. Kurz entschlossen öffnete ich die Balkontür und machte verjagende Gesten.

„Raus, ihr Lumpen!" Frau Lang kicherte.

„Recht so, mein Junge, zeig denen, wo sie hingehören. Rennt nur fort, rennt in eure Höhlen." Das erste Problem schien gelöst. Mein nächster Griff ging zum Heizungsregler: Ich tat, als drehe ich ihn ab. Der Heizkörper war ohnedies kalt, da es Sommer war und draußen eine fast unerträgliche Hitze herrschte.

„So, die Heizung ist aus. Nun hole ich ihnen den Florian wieder." Mit den Händen fuhr ich am Heizkörper entlang und fischte ihren geliebten Florian heraus. Sie strahlte und streckte ihre Hände den meinigen entgegen.

„Komm Florian, jetzt bleibst du bei mir. Du wirst nicht wieder in die Heizung gehen. Wenn es dir zu trocken wird, drehst du einige Runden im Waschbecken. Der liebe Junge wird dir bestimmt Wasser einlassen." Ich ließ das Waschbecken halb mit Wasser volllaufen. Entspannt, ließ sich Frau Lang von mir wieder ins Bett legen und platzierte sich Florian auf den Bauch. „Puuuhhh!" Aufatmend verließ ich das Zimmer. Das Problem war behoben. Es kehrte wieder Ruhe ein. Kaum hatte ich erneut am Schreibtisch Platz genommen, als das Geschrei wieder losging. Von wegen „Problem gelöst."

Schnell lief ich in das Zimmer zurück. Frau Lang saß im Bett und schimpfte zum Fenster hinaus.

„Ist ihnen der Florian abgehauen?", fragte ich sie vorsichtig.

„Welcher Florian?", sie schaute mich entgeistert an. Von Florian wusste sie offensichtlich nichts mehr.

„Schau doch mal zum Fenster raus." Ich schaute zum Fenster raus, sah jedoch nur den strahlenden blauen Himmel, weiße Schäfchenwolken und eine herrliche Sonne.

„Siehst du denn nicht die schwarzen Hunde? Sie wollen mich holen!" Ich hörte zwar die Hunde im Nachbarhaus bellen, aber sehen konnte ich nichts. Frau Lang war in keiner Weise zu beruhigen. Sie schrie und hatte unsagbare Angst, welche sich in ihrem Gesicht spiegelte. Was sollte, was konnte ich tun? Alles gute Zureden war vergeblich. So rief ich die Schwester der unteren Station zur Hilfe. Zu meiner Erleichterung kam sie auch sofort, denn ich war mit meinem Latein am Ende. Ein Blick in Frau Langs Krankenblatt reichte der Schwester aus, um zu erkennen, was in solch einem Fall helfen konnte: 10 mg Haldol. Diese wirkten auch recht bald. Als unsere „Chefin" mich kurz vor 14:00 Uhr ablöste, war Frau Lang fest am Schlafen. Ich war froh, jetzt in die Schule gehen zu können. Wie groß war für mich als Schüler oft der Unterschied zwischen Theorie und Praxis. Im Unterricht hatten wir über Frau Langs Krankenbild, die Halluzination, gesprochen. Dadurch konnte ich auf Florian und die roten Männchen richtig reagieren. Doch die schwarzen Hunde flogen für mich dann doch zu hoch.

Wohnungsauflösung am Sterbebett

Die Weihnachtstage waren gut verlaufen und auch den Jahreswechsel hatten wir bestens überstanden. Die personelle Besetzung über die Feiertage war zwar schwach, aber die Zusammenarbeit klappte hervorragend und allen machte die Arbeit Spaß. Im Herbst hatte ich mein Examen mit „Sehr gut" bestanden und war zur stellvertretenden Stationsleitung ernannt worden. Nach Bekanntgabe des Einsatzplanes hätte aber nicht viel gefehlt, und meine Kündigung wäre auf den Tisch des Heimleiters gekommen. Ausgerechnet bei „der Chefin" sollte ich die Stellvertretung werden. Mit dieser „dominanten Königin" hatte ich wegen ihrer Launen und Schrullen bereits in der Ausbildungszeit manch lautstarke Auseinandersetzung ausgefochten. Als ich der Oberschwester meine Bedenken zu erklären versuchte und um einen anderen Arbeitsplatz bat, bekam ich zur Antwort: „Entweder Sie kommen mit ihr zurecht, oder keiner." Ich gab klein bei. Ob das wohl gut gehen würde? Es ging gut. Wir brüllten uns ab und zu kräftig an, klärten dadurch die Kompetenzen und der Laden lief wieder. Wir ergänzten uns in vielen Hinsichten. In meiner Arbeit hatte ich völlig freie Hand. Die „Chefin" sah ihre Aufgabe im Stellen der täglichen Medikamente, in der Durchführung der Visiten und der Erledigung des ganzen Schreibkrams. Dazu kamen die gefürchteten täglichen Kontrollgänge durch alle Zimmer: Wehe mir, wenn sie auf einem Nachttisch Staub fand, in einem Kissen oder Deckenbezug einen Flecken entdeckte oder ein Patient auf einer faltigen Unterlage gebettet war. Umgehend schallte ihr Ruf nach mir über die ganze Station. Nicht der Mitarbeiter, der in dem Zimmer tätig war, nein – ich hatte dafür die Verantwortung zu tragen.

„Wozu sind Sie meine Vertretung?", war dann jedes Mal ihr Kommentar.

Über die Festtage hatte ich nun die Verantwortung auf Station. Ein Erlebnis aus diesen Tagen wird mir immer im Gedächtnis bleiben.

Frau Meier lag am Sterben. Kurz vor Weihnachten hatte sie einen Schlaganfall erlitten. Die rechte Körperseite war gelähmt. Frau Meier reagierte weder auf Ansprache, noch auf Berührung. Infusionen liefen Tag und Nacht, eine zusätzliche Magensonde war vom Arzt gelegt worden. Ihre Kinder waren informiert, dass sie jederzeit mit dem Ableben der Mutter rechnen müssten. Am ersten Feiertag kamen die drei Töchter mit vielen Blumen und eingepackten Geschenken zu Besuch. *„Was für ein Blödsinn"*, dachte ich noch, als ich die Töchter ins Zimmer gehen sah. Frau Meier war die letzten Tage nicht mehr zu Bewusstsein gekommen. Was sollten da die Geschenke? Auf Station war unterdessen alles friedlich. Aus der Lautsprecheranlage rieselten Weihnachtslieder über den Flur. Viele Patienten hatten Besuch. Plötzlich hörte ich laute Stimmen, die nicht in diese Harmonie passen wollten. Immer lauter setzte sich dieses Geschrei durch und es kam ausgerechnet aus dem Zimmer von Frau Meier. Ich lief hin, klopfte – erhielt aber keine Antwort.

„Der Wohnzimmerschrank war mir von Mutti schon lange versprochen. Ebenso die Waschmaschine und der Trockner." Ich glaubte, mich verhört zu haben. Ohne weiteres Anklopfen betrat ich das Zimmer. Die drei Töchter waren lautstark dabei, am Sterbebett ihrer Mutter deren Wohnungsgegenstände unter sich aufzuteilen.

„Mir steht alles zu! Wer hat sich denn die letzten Jahre um Mutter gekümmert?" Brüllte die eine Tochter. „Das Schlafzimmer habe ich ihr vor Jahren gekauft. Jetzt kann ich es gut für meinen Sohn brauchen", konterte die Zweite. Sie hatten sich so in den Streit gesteigert, dass sie meine Anwesenheit und das „Psst…" nicht zur Kenntnis nahmen. In mir kochte die Wut. Waren sie mit Blumen beladen zur Mutter gekommen, um sich hier wegen Erbschaftsangelegenheiten zu streiten? Das hätten sie Zuhause auch gekonnt. Jeder Atemzug Frau Meiers konnte der letzte sein, und diese Hyänen hatten nichts Besseres zu tun, als sich hier am Bett zu zanken und so die Ruhe der Sterbenden zu stören. Kurz entschlossen bat ich alle drei zu mir ins Dienstzimmer, was sie nach anfänglichem Zögern auch befolgten. Dort redete ich ihnen ins Gewissen und versuchte ihnen in klaren Worten nochmals die lebensbedrohliche Lage ihrer Mutter zu schildern. Ich machte ihnen den Vorschlag, sich von ihrer Mutter jetzt zu verabschieden und sich dann Zuhause weiter zu streiten. Jede von den Dreien sollte kurz alleine zur Mutter ins Zimmer gehen. Das wollten sie jedoch nicht. Stattdessen wurde nun ich das Objekt ihrer angestauten Streitlust. Sie keiften mich an, ich solle mich um meinen eigenen Dreck kümmern. Das wären Angelegenheiten, die nur die Familie etwas angingen.

„Es gehört mit zu meinen Aufgaben, ihre Mutter vor solch unwürdigen Szenen zu bewahren." Meine Worte brachten das Fass endgültig zum Überlaufen.

„Solche Flegeleien lassen wir uns von so einer jungen Rotznase nicht bieten! Wir werden uns bei der Heimleitung beschweren. Ihren Arbeitsplatz haben sie die längste Zeit gehabt." Dies waren noch die harmlosesten Worte, die sie mir an den Kopf warfen. Die obszöneren Ausdrücke lasse ich hier lieber weg. Schließlich zogen sie voller Wut ab, ohne ihre Mutter noch einmal gesehen zu haben. Gegen Abend rief der Arzt nochmals bei der ältesten Tochter an, um ihr zu sagen, dass es mit der Mutter ganz offensichtlich zu Ende gehe. Trotzdem erschien keine von den Dreien, und die Mutter verstarb am Abend ohne Anwesenheit der Familie. Als Vertreter der Station war ich bei der Beerdigung. Auch da war keine der Töchter zugegen. Welch ein Armutszeugnis! Was hatte die Mutter nicht auf sich genommen, um ihren Töchtern alles im Leben zu ermöglichen. Wie oft hatte sie uns in den Wochen vor dem Schlaganfall voller Stolz von den *„lieben Töchtern"* erzählt, die alle im Leben etwas erreicht hätten. Sie selbst hätte sich immer eingeschränkt und krummgelegt, nur um ihnen das alles ermöglichen zu können. Zu Besuch ins Heim kam kaum je eine von ihnen und wenn, dann nur kurz. Frau Meier war darüber sehr traurig und weinte oft. Aber immer wieder rechtfertigte sie deren Verhalten damit, dass die Töchter eben viel arbeiten müssten …

Ich habe nie wieder etwas von diesen Hyänen gehört. Auch die angekündigte Beschwerde kam nie bei der Heimleitung an.

Spare in der Zeit, dann hast du nichts mehr in der Not...

Das Telefon läutete. Verflixt, immer diese Störungen. Der Dienstplan für die nächste Woche sollte längst fertig sein. Seit einem halben Jahr arbeitete ich nun als Pflegedienstleitung in einem großen Alten- und Pflegeheim im schönen Heidelberg. Die Aufgabe war eine große Herausforderung, die mir viel Spaß machte, aber auch enorm viel Einsatz abverlangte. Oft war es für mich sehr schwer, da mir einige Mitarbeiter Probleme bereiteten. Andere wiederum hatten Probleme mit mir.

So gab es eine Stationsschwester, knapp sechzig Jahre alt, die schon seit über dreißig Jahren im Haus arbeitete. Plötzlich hatte sie nun einen Schnösel von 24 Jahren vor der Nase sitzen, der mit seinen Ideen und Vorstellungen frischen Wind in ihre „heile", aber völlig betriebsblinde Welt bringen wollte und so ihre tägliche, uralte Routine ins Wanken brachte. Stundenlang führte ich Gespräche mit ihr, meist leider ohne Erfolg. Sie befürwortete viele meiner Ideen und fand sie auch toll, letztendlich arbeitete sie aber doch nach ihrem alten Schema. Die Mitarbeiter hingen dabei oft zwischen den Stühlen. Von mir kamen klare Dienstanweisungen, die Stationsschwester hingegen verlangte von ihnen, nach der alten Methode zu verfahren. Wie sollten sie sich da verhalten? Wer hatte das entscheidende Wort?

Mechanisch griff ich zum Telefon.

„Ja, bitte?"

„Der angekündigte Neuzugang ist da. Würden sie bitte ins Büro kommen", teilte mir der Heimleiter kurz mit und legte auch schon wieder auf. Also blieben die Dienstpläne, wie so oft in den letzten Tagen, erstmals wieder liegen und ich fuhr mit dem Lift vom 3. Stock ins Erdgeschoss. Beim Betreten des Büros schlug mir ein unangenehmer, beißender Geruch entgegen. Was da auf dem Stuhl saß, war auf den ersten Blick kaum als menschliches Wesen zu erkennen: Völlig abgemagert, die Haare fettig und verklebt, die Kleidung völlig verschmutzt, und die sichtbaren Hautstellen waren mit dicken Dreckkrusten überzogen. Zusammengesunken saß die alte Frau auf dem Stuhl und murmelte leise vor sich hin. Was um sie herum vorging, nahm sie offensichtlich nicht wahr. Die Frau vom Sozialamt, die sie gebracht hatte, gab uns verschiedene Papiere und den Schlüssel der ehemaligen Wohnung.

„Die meisten Sachen sind völlig unbrauchbar. Vielleicht finden Sie in dem ganzen Dreck wenigstens noch einige Möbelstücke, mit denen Sie das Zimmer ausstatten können. Die Kleider müssen ohnedies alle neu angeschafft werden. So eine verwahrloste Bude hab' ich mein Lebtag noch nicht gesehen." Sie sprach von der Frau, als handelte es sich bei ihr um einen wertlosen Gegenstand. Nach diesem aufschlussreichen Kommentar packte sie ihre Tasche und ging, ohne mit der Frau noch ein Wort gewechselt zu haben. Zunächst brachte ich Frau Klein hinüber zur Pflegestation, wo sie gebadet wurde und neue, hauseigene Kleidung bekam. Was nach dieser Prozedur zum Vorschein kam, war ein mageres, sehr verängstigtes und total verwirrtes Wesen. Bestimmt war dies das erste Bad seit Jahren und Frau Klein verstand gar nicht, was da mit ihr geschah. Der Hausmeister hatte aus dem hauseigenen Möbellager vorerst ein Bett, einen Schrank und einen kleinen Tisch mit zwei Stühlen in das zukünftige Zimmer gestellt. Zur Begrüßung stand, wie im Hause üblich, ein bunter Blumenstrauß auf dem Tisch. Frau Klein ging direkt auf den Strauß zu und berührte zärtlich die Blüten. Ihre Augen strahlten. Für einen kurzen Moment wich die Angst aus ihrem Gesicht. Sie setzte sich auf den Stuhl und betrachtete nur die Blumen. So ließ ich sie zunächst einmal alleine. Anfangs fiel Frau Klein der Kontakt zu Mitpatienten recht schwer. Doch nachdem sie einige Tage wieder gegessen und sehr viel getrunken hatte, änderte sich ihr ganzes Verhalten. Ihr Erinnerungsvermögen kehrte schrittweise zurück, sie sprach in zusammenhängenden, klaren Sätzen. Viel konnte sie nicht erzählen, da die letzten Monate in ihrem Gedächtnis völlig fehlten. Wir kamen auch nie dahinter, was alles geschehen war. Ihre Erinnerung endete an dem Tag, an dem ihr über alles geliebter Mann verstorben war. Von da an war sie völlig auf sich selbst gestellt.

Am nächsten Vormittag fuhr ich mit dem Heimleiter in Frau Kleins ehemalige Wohnung, um nach Kleidungsstücken und eventuell noch brauchbaren Möbeln für ihr Einzelzimmer zu suchen. Was wir vorfanden, war ein Riesenchaos. In allen Zimmern stapelten sich verdreckte Kleidungsstücke, Zeitungen und Unrat. Dazwischen standen, völlig zugebaut, die Möbel. Zwei der vier Zimmer waren fast bis zur Decke vollgestopft. Zuerst öffneten wir ein noch zugängliches Fenster, um in diesem Gestank überhaupt atmen zu können. Am liebsten wären wir gleich wieder gegangen, aber Frau Klein brauchte dringend Kleidung. So fingen wir in der Küche mit der Suche an. Ein total verdrecktes Sofa stand an der rechten Seite. Es musste als Bett benutzt worden sein, da es das einzige Möbelstück in der Wohnung war, welches einigermaßen frei zugänglich war. Um das Sofa herum standen Töpfe, Gläser und Dosen, mit Ausscheidungen gefüllt und einfach mit Zeitungen oder Kleidungsstücken zugedeckt. Die Toilette im Badezimmer hatte Frau Klein offensichtlich in den letzten Wochen nicht mehr verwendet. Zu unserer

Überraschung fanden sich in dem ganzen Durcheinander viele löchrige, nun unbrauchbare Pelzmäntel und tolle Hüte. Frau Klein musste einmal eine gutsituierte Frau gewesen sein. Als wir nach Stunden den Schrank im ehemaligen Schlafzimmer freigearbeitet hatten, fanden wir endlich auch brauchbare Kleidungsstücke – und was für welche! Abendkleider aus Seide, zwei fast neue Pelzmäntel, noch verpackte Unterwäsche und einige Paar Schuhe, ungebraucht und noch in den original Schuhkartons. An Möbeln, so wie sie jetzt aussahen, konnte man wohl nichts mehr verwenden. Als wir jedoch im dritten Zimmer stöberten, entdeckten wir einen fantastischen Mahagonischrank, herrlich mit Intarsien gearbeitet. In der gleichen Machart war auch das Bett, das nebst Spiegelkommode und einem Tisch unter dem ganzen Gerümpel auftauchten. Die Möbel mussten zwar erst aufgearbeitet und poliert werden, aber dafür hatte unser Hausmeister ein *goldenes Händchen*. So sollte es möglich sein, Frau Klein ein Stück ihrer gewohnten Umgebung zu erhalten. Zunächst packten wir die neuen Schuhe und die brauchbaren Kleidungsstücke zusammen. Die Anziehsachen kamen direkt in unsere Wäscherei. Wegen der Möbel wollten wir nochmals Kontakt mit dem Sozialamt aufnehmen. Von was hatte sich Frau Klein eigentlich in den letzten Monaten ernährt? Außer Unmengen an Tütensuppen, die am verstopften Spülbecken gelagert waren, fand sich nichts. Neben dem verschlissenen und total verdreckten Sofa häufte sich ein Stapel Zeitungen. Um das Datum erkennen zu können, nahm ich die oberste zur Hand. Fast drei Jahre alt! Was wir dann entdeckten, machte uns sprachlos. Aus der Zeitung vielen zwei 100 Mark Scheine. Als wir den Stapel Zeitungen und Zeitschriften durchsahen, kamen auch da Geldscheine ans Tageslicht. Von der Telefonzelle an der Straßenecke rief ich die Frau vom Sozialamt an und berichtete von unserer Entdeckung. Sie war so schnell da, dass sie eigentlich nur geflogen sein konnte. Hatte sie etwa Angst, wir würden uns unrechtmäßig etwas unter den Nagel reißen? Zusammen sahen wir die Zeitungen komplett durch. Nur in dem Stapel neben dem Sofa fanden sich Geldscheine, aber das in erstaunlicher Menge. Insgesamt über 50.000 Mark! Nachdem wir eine doppelte Quittung mit allen Unterschriften angefertigt hatten, nahm sie das Geld sofort an sich.

„Schließlich kommt das Sozialamt für die zukünftigen Heimkosten auf. Frau Klein bekommt natürlich ein monatliches Taschengeld", war ihr ganzer Kommentar. Auch die gefundenen Rentenunterlagen und Kontoauszüge gingen gleich in ihren „Besitz" über. An Möbeln und Kleidung sollten wir ruhig alles mitnehmen, was wir meinten, noch gebrauchen zu können. Es würde ohnedies alles im Hause bleiben. Der Besitzer, erfuhren wir, hätte nur noch darauf gewartet, dass Frau Klein auszog und er dann die Hütte abreißen lassen konnte.

Rechnete man das gefundene Geld und die monatliche Rente zusammen, hätte Frau Klein, selbst nach Abzug der Heimkosten und des monatlichen Taschengeldes von 128,00 DM, noch über fünfzig Jahre bei uns leben können, ohne das Geld aufgebraucht zu haben. Ob sie mit ihren 78 Jahren aber noch so lange leben würde, war mehr als fraglich. Erben waren offensichtlich keine vorhanden.

Frau Klein erkannte ihre Möbel wieder und freute sich riesig. Nach der Reinigung waren viele der Kleidungsstücke leider nicht mehr zu gebrauchen. Der Antrag ans Sozialamt auf neue Kleidung wurde umgehend genehmigt! So lebte sich Frau Klein gut bei uns ein. Sie war glücklich und dankbar. Jedes freundliche Wort brachte sie zum Lächeln und zauberte ein Strahlen in ihr Gesicht. Wie groß musste ihr Elend in den vergangenen Monaten, vielleicht auch Jahren, gewesen sein. Dabei hätte sie sich einen herrlichen Lebensabend gönnen können. War es eine Eigenart dieser Generation, sparsam zu leben? Steckte die Angst vor Hunger, Krieg und Armut noch so tief in diesen Menschen? Ich weiß es nicht.

Noch ein Erlebnis dieser Art werde ich nie vergessen.

Herr Heim war schon seit Jahren herzkrank. In der Nacht erlitt er einen schweren Infarkt und wurde mit Blaulicht vom Notarzt ins Krankenhaus eingeliefert. Von dort kam er leider nicht mehr zu uns zurück. Am Tag nach seinem Ableben besuchte uns der Sohn, um die verbliebenen Sachen, vor allem aber den Personalausweis zur Erledigung der Formalitäten, an sich zu nehmen. Trotz aller Sucherei konnte Herr Heims Geldbörse nicht gefunden werden. Fast zwei Wochen später sprach mich Herr Keller, der seit Jahren das Zimmer mit Herrn Heim teilte an und erkundigte sich nach dem Verbleib seines Zimmerkollegen. Herr Keller lebte meist sehr zurückgezogen in seiner schizophrenen Welt und redete fast nie. Die Information vom Tod Herr Heims war offensichtlich nicht in seinem Gedächtnis angekommen. Als ich ihm nun erneut die Sachlage schilderte, wurde er sehr nachdenklich. Langsam ging er in sein Zimmer. Ich folgte ihm, um eventuell Hilfe leisten zu können. Langsam ging er zum Nachtisch und zog die Schublade auf. Nach einem fragenden Blick zum Kreuz über seinem Bett holte er eine braune Geldbörse hervor. Wollte er mir Geld geben, damit ich Blumen fürs Grab kaufte? Ich spürte eine extreme Nervosität, wie sie nur selten bei ihm zu beobachten war. Er kämpfte mit sich, unsicher, ob er auch das Richtige tat. Er erzählte in abgehackten Worten, dass Herr Heim ihm vor der Einweisung ins Krankenhaus diese Geldbörse zur Aufbewahrung anvertraut habe. Da Herr Heim jetzt aber nicht wiederkäme, wisse er nicht, was er damit anfangen solle. Ich bedankte mich bei Herrn Keller und brachte den Geldbeutel zur Verwaltung. Außer dem vermissten Ausweis fanden sich in der Börse fast 3.000 DM. Wahllos waren die Scheine in das hintere Fach gestopft worden. Bei nur achtzig Mark Taschengeld im Monat musste Herr Heim lange gespart haben. Wenn wir ihm mal frisches Obst, einen Saft oder neuen Badezusatz kaufen wollten, jammerte Herr Heim immer nur, er habe kein Geld.

Jetzt war er tot.

Eines weiß ich sicher: Mein sauer verdientes Geld werde ich frühzeitig ausgeben!

Hypnose wird dich heilen

Ungläubig schauten wir uns an. Sollte das ein Witz sein, oder hatte Frau Steins Hausarzt seine Äußerung ernst gemeint? Frau Stein war jetzt 68 Jahre alt und lag seit fast zehn Jahren fest im Bett. Als damals ihr Mann starb, hatte sie sich einfach hingelegt und war seither nicht mehr zum Aufstehen zu bewegen. Ihre Beinmuskeln waren so degeneriert, dass sie nur noch als schlaffes Gewebe unter der Haut spürbar waren. Irgendwann in den letzten Jahren kam noch ein Schlaganfall dazu. Daheim war Frau Stein rührend von ihrer Schwester umsorgt und gepflegt worden. Als diese vor drei Jahren ganz überraschend verstarb, musste Frau Stein zu uns ins Heim umziehen.

Soeben hatte uns ihr behandelnder Arzt mitgeteilt, dass – nach seiner festen Überzeugung – Frau Stein ihre Krankheit nur vortäusche. Er wolle sie in der nächsten Woche bei der Visite in Hypnose versetzen und dadurch den Beweis erbringen, dass sie laufen könne. Nur die hysterische Haltung der Patientin zwinge sie, im Bett zu bleiben. Wir fassten seine Meinung als Witz auf, denn in den letzten Jahren war alles versucht worden: Aktive und passive Krankengymnastik, Massagen, Bäder und... und... und. All das hatte nicht die kleinste Besserung bewirkt. Der Knalltüte von Arzt war es jedoch bitterer Ernst mit seinem Vorhaben. Da ich an diesem Tag Dienst hatte, erwartete ich voll Spannung diese, im ganzen Haus viel diskutierte *Wunderhypnose*.

Gemeinsam mit dem Arzt und der Stationsschwester betrat ich das Zimmer. „Guten Tag, Frau Stein", begrüßte Dr. Linzmeier die

Patientin. Seine Stimme hatte einen siegessicheren und stolzen Unterton. Er musste sich wie ein Erfinder fühlen, der der Welt gleich eine Superentdeckung zu schenken gedachte.

„Wie ich mit Ihnen bei meinem letzten Besuch besprochen habe, werde ich Sie heute in Hypnose versetzen und Sie können dann wieder laufen." Wäre ich an Frau Steins Stelle gewesen, ich hätte den Doc aus dem Zimmer gewiesen. Eine ähnliche Reaktion kam auch prompt.

„Was soll diese dumme Hypnose bringen? Ich habe Ihnen gleich gesagt, dass ich nicht damit einverstanden bin. Seit zehn Jahren liege ich jetzt im Bett, und da werde ich auch bleiben. Sie können tun, was Sie wollen, nur lassen Sie mir meine Ruhe!"

Es ging einige Zeit hin und her. Dr. Linzmeier hielt die Hypnose für unerlässlich, Frau Stein versuchte, ihn von seinem Vorhaben abzubringen. Schließlich beharrte der Arzt darauf, mit der Sitzung endlich beginnen zu können, da seine Zeit kostbar war. Frau Stein sah mich kläglich an.

„Lassen Sie es doch einfach auf sich zukommen. Es wird schon nicht viel passieren." Aufmunternd lächelte ich sie an. Sie nickte zögernd. Was dann jedoch folgte, versetzte mich in Gedanken ins tiefste Afrika, erinnert mich an die Zeremonien eines Medizinmannes im Busch. Es fehlte nur noch, dass Dr. Linzmeier einen Tanz um das Bett herum vollführt hätte. Mit beschwörenden Gesten sprach er auf Frau Stein ein.

„Sie werden müde … Sie werden meine Worte jetzt ganz genau befolgen … Heben Sie Ihren Oberkörper … Schieben Sie Ihre Beine über den Rand des Bettes und setzen Sie sich auf die Kante..." Ich lächelte still vor mich hin, denn diese Übungen führten wir täglich mit Frau Stein durch, auch ohne Hypnose.

„Stellen Sie sich jetzt auf Ihre Beine", suggerierte der Arzt leise weiter. Tatsächlich rutschte Frau Stein über die Bettkante und stellte sich langsam und behutsam auf ihre Beine. Zwar stand sie unsicher und ans Bett angelehnt, aber sie stand!

„Kommen Sie langsam drei Schritte auf mich zu", flüsterte Dr. Linzmeier seinen nächsten Befehl. Sein Gesicht strahlte dabei siegessicher. Wir warteten voll Spannung, was als nächstes passieren würde. Langsam hob Frau Stein ihren rechten Fuß…

Ein lauter Schrei entrann sich ihrer Kehle. Hätten wir nicht schnell zugepackt, Frau Stein wäre voll aufs Gesicht gefallen. Der Doktor stand nur perplex da und blickte ungläubig auf die Patientin. Er sah wie ein kleines Kind aus, dem man sein Lieblingsspielzeug weggenommen hatte. Wort- und Grußlos eilte er aus dem Zimmer. Wir legten Frau Stein zurück in ihr Bett und lagerten sie bequem.

„Veranlassen Sie bitte umgehend bei der Heimleitung, dass ich einen anderen Arzt bekomme. Diesen Viehdoktor will ich nie wieder bei mir sehen!" Wir konnten sie nur zu gut verstehen.

„Was haben sie eigentlich während der Hypnose gefühlt?", fragte ich neugierig.

„Hypnose? Ich war in keiner Hypnose! Es blieb mir doch nichts anderes übrig, als diesen dämlichen Befehlen zu folgen. Als ich aber dann gehen sollte, bekam ich es richtig mit der Angst zu tun. Und als ich im Bein Krämpfe bekam, konnte ich vor Schmerz nur noch schreien. Da war mir dann eigentlich alles egal. Dieser Rossdoktor hätte mich bestimmt einfach hinfallen lassen. Danke, dass Sie mich aufgefangen haben."

Ich streichelte ihr die Wange und versprach, später nochmals zu ihr ins Zimmer zu kommen.

Dr. Linzmeier saß wartend im Dienstzimmer. Sein Gesicht drückte aus, was er auch sofort in Worte fasste: „Ich verstehe nicht, was da schiefgelaufen ist. Ich war mir sicher, dass die Hypnose Frau Stein aus ihrer Reserve locken würde und ich sie auf diesem Wege heilen könnte. Ich denke, sie war einfach noch nicht so weit." Ohne Umschweife fügte er hinzu: „Passen Sie auf, ich mache Ihnen ein Angebot: Sie rauchen doch beide. Wenn jeder mir fünfzig Mark bezahlt, werde ich Sie durch Hypnose von dieser Sucht befreien. So haben sie den Beweis, dass Hypnose tatsächlich heilt." Wir grinsten uns an. Glaubte er wirklich, dass wir auf dieses Angebot eingingen, nachdem wir heute seine Demonstration miterlebt hatten? Eine Antwort darauf gab er sich selbst, indem er mit einem trockenen „Auf Wiedersehen" das Dienstzimmer verließ, ohne den sonst üblichen Händedruck.

Unsere Kollegen lachten herzhaft, als wir von der Sitzung und dem anschließenden Angebot an uns erzählten.

Vielleicht, wenn Frau Stein gewollt und ausreichend geglaubt hätte, wäre die Hypnose für sie wirklich eine Hilfe gewesen. Sie fühlte sich jedoch im Bett am wohlsten und wollte da auch bleiben. Wer gibt uns dann das Recht, ihr etwas anderes einreden zu wollen?

Hier bleibe ich nicht!

Ob dieser Personalchef wohl eine Meise hatte!? Das durfte einfach nicht wahr sein! Klar, ich hatte mich vor über drei Monaten in der Klinik vorgestellt und formell beworben. Dies aber auch nur darum, weil mir das Arbeitsamt den Vermittlungsvorschlag zugeschickt hatte. Zu jener Zeit wollte ich mal etwas ganz Anderes machen, war deshalb sogar nach Nordrhein-Westfalen gezogen. Dort hatte sich die Übernahme eines Hotel- und Gastronomiebetriebes angeboten. Leider scheiterte das an einer geforderten Mietkaution von mehr als 40.000 DM. So meldete ich mich beim Arbeitsamt. Ende Februar stellte ich mich dann in dieser Klinik vor. Zum 1. April sollte die Stelle besetzt werden. Nachdem auf dieses Gespräch keinerlei Reaktion kam, ging ich davon aus, dass kein Interesse an meiner Person bestand. Was sollte auch ein Altenpfleger in einer Fachklink für Psychiatrie. Nun hatten wir den 15. Mai! Zum 1. Juni hatte ich die Zusage des Caritasverbandes, in der Gemeindepflege anfangen zu können. Stundenweise hatte ich in den letzten Monaten dort ausgeholfen, und es machte mir viel Freude und Spaß. Zwar konnte ich dort nur eine auf zwei Jahre befristete ABM-Stelle bekommen, hatte aber eine Chance, beim Ausscheiden eines Mitarbeiters auf Dauer die Stelle zu bekommen. Heute erhielt ich nun per Post eine kurze Mitteilung der Klinik, dass ich den Dienst am 21. Mai anzutreten hätte. Um acht Uhr sollte ich mich bei der Pflegedienstleitung melden und dieser auch meine Arbeitspapiere aushändigen. Sofort rief ich den Leiter der Caritas an und berichtete ihm enttäuscht von der unerwarteten Entwicklung. Er beruhigte mich. „Machen sie sich keine Sorgen. Morgen habe ich ohnedies einen Termin beim Arbeitsamt. Ich werde dann alles regeln." Ich war beruhigt. Doch groß war am nächsten Tag die Überraschung, als sich beim Arbeitsamt meine Akte nicht finden ließ. Ich galt als bereits vermittelt und für die ABM-Stelle bei der Caritas nicht mehr zur Verfügung stehend. Unfassbar! Dieser Esel von Personalchef hatte die Unverschämtheit besessen, gleichzeitig mit dem Kurzbrief an mich das Arbeitsamt zu informieren, dass ich in der Klinik anfangen würde. Ich wurde dazu überhaupt nicht mehr gefragt. Was ich wollte, war für niemanden von Interesse. Keiner kann sich vorstellen, welche Wut in mir kochte. Doch es blieb mir nichts Anderes übrig, als die Stelle anzutreten.

So war ich pünktlich, meine Papiere in der Tasche, am 21. Mai in der Klinik. Wie das Gebäude schon aussah! Alles kam mir so verkommen und ungepflegt vor. Die Baracken hätten mal einen neuen Anstrich vertragen können und die Anlagen waren auch nicht besonders in Ordnung gehalten. Ich gebe zu, selbst wenn alles in bester Ordnung gewesen wäre, hätte es nicht meine Abneigung gegen diese Klinik gemildert, die mir ja alle Zukunftspläne durchkreuzt hatte. Wie gerne wäre ich in die Hauspflege gegangen! Ziemlich gereizt kam ich im Büro des Pflegedienstleiters an.

„Warum haben Sie sich so spät zu einer Einstellung entschlossen?", war meine erste Frage.

„Ganz einfach", kam seine Antwort. „Da unser Schulkurs im April Examen machte, konnten wir damals noch nicht wissen, wer aus diesem Kurs bei uns bleiben würde. Leider haben weniger frisch Examinierte sich dazu entschlossen, als wir uns erhofft hatten. So mussten wir auf andere Bewerber zurückgreifen. Darunter waren dann auch Sie." Süffisant lächelte er mich an. Er war mir vom ersten Augenblick an unsympathisch. Ich hätte ihm eine klatschen können, so wütend und geladen war ich. Doch letztendlich konnte er ja nichts für meine momentane Situation. Dass ich jetzt auch noch ein Lückenbüßer, eine Notlösung sein sollte, machte meine Laune auch nicht besser. Für mich war klar, dass ich in dieser Klitsche nicht lange bleiben würde.

Beim damaligen Vorstellungsgespräch hatte ich mir auch die Station zeigen lassen, auf welcher ich eingesetzt werden sollte. Jetzt wurde mir eröffnet, dass ich auf einer ganz anderen Station Arbeiten musste. Der Pflegedienstleiter hatte aus terminlichen Gründen keine Zeit, mich auf die neue Station zu begleiten. Nach einer kurzen Wegbeschreibung wünschte er mir einen guten Anfang und eine gute zukünftige Zusammenarbeit und weg war er, zu seinem Termin. Da stand ich nun mit meiner Wut im Bauch! Die Station war relativ leicht zu finden. Im Aufenthaltsraum saßen einige Patienten und starrten still vor sich hin. Ein älterer Mann lief schnellen Schrittes den langen Flur auf und ab und zog ungeduldig an einem Brustbeutel, den er um seinen Hals trug. Dabei schrie er laut: „Ich hänge mich auf… Ich hänge mich auf…" Als er bei mir ankam, verhielt er seinen Schritt, schaute mich groß an und fragte: „Haben Sie eine Zigarette?" Als ich verneinte, rannte er davon und schrie: „Ich will eine Zigarette … Ich will eine Zigarette …" Wo war ich hier gelandet? Ich klopfte an die Tür mit der Aufschrift „Dienstzimmer". Keine Antwort. Die Tür war abgeschlossen. Ebenso das Zimmer des Arztes. Irgendwo musste doch jemand vom Personal zu finden sein? Aus einem der vielen Zimmer kam eine alte Frau. Neugierig schaute sie mich an.

„Suchen Sie jemanden?", fragte sie. Gott sei Dank, es gab hier auch Leute, mit denen man sich normal unterhalten konnte.

„Ja, wo finde ich jemanden vom Personal?" Sie schaute auf die große Uhr, die mitten im Flur von der hohen Decke hing.

„Um diese Zeit sitzen die bestimmt noch alle beim Frühstück. Klopfen Sie mal an der dritten Türe links. Die haben es aber nicht gerne, wenn sie während ihrer Pause gestört werden." Dann schlurfte sie weiter in Richtung Aufenthaltsraum. Alle beim Frühstück? Und was, wenn in der Zwischenzeit etwas geschah, ein Patient Hilfe brauchte? Das Ganze kam mir komisch vor. Ich klopfte an die genannte Tür. Ein genervtes, kurzes „Ja", war die Antwort. Die drei Personen im Zimmer waren überrascht, als sie hörten, dass ich hier anfangen sollte. Von einem neuen Mitarbeiter wussten sie nichts. So stellten sie sich mir zunächst mit Namen vor.

„Wir sind für jeden dankbar, den wir hier zugeteilt bekommen. Die meisten bleiben ohnedies nicht lange. Setze dich erst mal hin und trinke einen Kaffee. Hans, der Stationsleiter, ist in einer Besprechung, kommt aber bestimmt bald zurück." Als er schließlich kam, nahm er keinerlei Notiz von mir.

„Das ist unser neuer Mitarbeiter", stellte Rolf mich vor. Er schaute mich kurz von oben bis unten an und gab Rolf den Auftrag, mich mitzunehmen und mir alles zu zeigen. Kein Gruß, kein Willkommen – nichts! Und wie mir Rolf dann alles zeigte! Zunächst hatten wir eine bettlägerige Frau zu versorgen: Kurz das Gesicht gewaschen, Hände feucht abgewischt, den Po mit Salbe bekleistert, frische Unterlage untergeschoben – und die Pflege war beendet! Das Ganze dauerte keine zehn Minuten. Ich war geschockt. In all den Jahren meines Berufslebens hatte ich noch nie so schnell einen schwer pflegebedürftigen Menschen abgefertigt.

„War das alles? Werden die Patienten hier alle so versorgt?" Hätte Rolf jetzt mit „Ja" geantwortet, ich wäre auf der Stelle wieder gegangen. Er merkte jedoch, dass ich mit einer solchen Versorgung absolut nicht einverstanden war.

„Nein. Ich dachte nur, wir machen es heute kurz, da die Patientin morgen ohnehin gebadet wird. So habe ich mehr Zeit, dir die Klinik zu zeigen." Was dann kam, war für mich schlimm: Er schleppte mich im ganzen Haus herum und zeigte mir alles, egal, ob es mich interessierte oder nicht. Wirtschafts- und Büroabteilung, Küche und Waschküche, Arbeits- und Beschäftigungstherapie, Labortrakt, Schule und alle Stationen. Er kannte einfach alles und jeden. Dann saßen wir in den verschiedenen Dienstzimmern, mussten schon wieder einen Kaffee trinken und die nächste Zigarette rauchen. Rolf gab den neuesten Tratsch von sich und erfuhr seinerseits aktuelle Gerüchte. Er kam mir wie die Zeitung des Hauses vor. Er wusste alles, kannte jeden und hatte eine ganze Menge an Gerüchten zu verbreiten. So hielt ich mich mit privaten Bemerkungen sehr zurück, obwohl er mir dauernd Fragen stellte. Meine allgemein gehaltenen Antworten befriedigten ihn absolut nicht. Aber das war mir völlig egal. Nach über drei Stunden kamen wir endlich wieder auf die eigene Station zurück. Keiner hatte uns vermisst. Anscheinend fand jeder unser langes Wegbleiben normal. Die nächsten Tage waren für mich grauenhaft. Keiner fand Zeit, mir mehr über den Stationsablauf oder über die Patienten und deren Krankheitsbilder zu erzählen. So musste ich mich, mehr schlecht als recht, durchwursteln und kam immer mehr zu der Überzeugung, dass ich hier unter keinen Umständen lange bleiben würde. Nach einer Woche, die Station hing mir schon zum Hals heraus und ich hatte die Faxen dicke, war morgens eine Schwester im Dienst, die sich mir als Stationsleiterin vorstellte. Ich schaute sie zuerst ganz blöde an. Hans war mir doch als Stationsleiter vorgestellt worden. Ein komisches System. Da gab es tatsächlich zwei gleichberechtigte Leitungen. So etwas kannte ich bis dahin nicht. Konnte das gut gehen? Sie nahm sich sehr viel Zeit, mir alles ausführlich zu zeigen und zu erklären. Für sie waren weniger die Abläufe im Haus, als die Station und die Patienten wichtig. So fand ich nach und nach Spaß an der Arbeit. Leider hatten sich auch zwei Gruppen auf Station gebildet, die sich jeweils an einem der Chefs orientierten. Dadurch entstanden oft Reibereien, ja sogar ein gewisses Konkurrenzdenken. Trotzdem konnte ich viele meiner Ideen in die Tat umsetzen und fand in *„unserer Gruppe"* dafür immer Unterstützung. Das System wurde zwischenzeitlich, Gott sei Dank, geändert. Es gibt heute nur noch eine Stationsleitung und zwei Vertretungen. Ich blieb vier Jahre auf der Station. Dann ließ ich mich auf eine andere versetzen, auf der ein neues Team gebildet werden sollte. Das war oft nicht leicht, machte aber sehr viel Spaß und Freude. Wir unterstützten uns gegenseitig, wenn einer gefrustet oder ausgebrannt war. Wir redeten miteinander, auch über die Fehler des Einzelnen, ohne ihn verletzen oder bevormunden zu wollen. Das schuf ein sehr gutes Arbeitsklima. Leider fiel das „alte" Team durch neue Mitarbeiter mehr und mehr auseinander. Mit zu vielen neuen Mitarbeitern kamen zu viele neue Ideen. Das führte am Ende dazu, dass jeder nur noch seinen Trott machte. Frust und Unbehagen griffen schnell um sich, was bedauerlicherweise dazu führte, dass die besten Mitarbeiter abwanderten. So nutze ich nach weiteren vier Jahren eine gebotene Chance und machte einen schnellen Abgang aus dieser Klinik.

Die „Fürstin von Hammerschlag"

Anfangs verstand ich überhaupt nicht, weshalb diese Patientin seit über zehn Jahren in der Psychiatrie leben musste. Sie benahm sich recht „normal". Doch dann machte ich die ersten „negativen" Erfahrungen mit ihr und ihrem Krankheitsbild. Eines Tages kam sie auf mich zugestürzt, beschuldigte mich der Unterschlagung von zig Billionen Mark, die ich als Finanzminister von Rio de Janeiro in den letzten Jahren zur Seite geschafft haben sollte. Auf meine Frage, wie ich mit meinen dreißig Jahren schon so lange Finanzmister sein könne, hatte sie prompt eine Antwort:

„Zuerst hatte ich ihren Vater zum Finanzminister ernannt. Dann habe ich sie mit ihm gezeugt und zur Welt gebracht. Jetzt behaupten Sie nur nicht, dass sie nicht wüssten, dass ich Ihre Mutter bin? Bei Ihrer Geburt ist Ihr Vater in Ihre Person gewandert und lebt jetzt in Ihnen. So sind Sie für immer unsterblich!"

Was für eine verworrene Familiengeschichte! Dennoch tat ich, als sei sie mir völlig vertraut.

„Gut, ich werde mich um die Sache kümmern. Ich muss allerdings erst sehen, was ich an Geld locker machen kann, um die Schulden bei Ihnen zu begleichen." Mit meiner Antwort gab sie sich vorerst zufrieden.

Doch schon nach einer Stunde ging das Palaver erneut los.

„Was haben Sie eigentlich verbrochen, dass Sie als Pfleger hier arbeiten müssen?" Wieder bediente ich mich ihrer Geschichte.

„Ich war Finanzminister und habe einige Billionen unterschlagen. Das oberste fürstliche Gericht hat mich zu dieser schweren Arbeit verurteilt." Wissend grinste sie mich an.

„Sehen Sie, jedes Quartal haben Sie 125 Millionen Mark als Gehalt von mir bezogen. Mit diesem Geld hätten Sie sich ein schönes Leben machen können. Ihre Unterschlagungen haben sich also in keiner Weise gelohnt."

„Moment", konterte ich schlagfertig.

„Auf meinem Konto gingen aber jeweils nur 110 Millionen ein. Wo ist der Rest geblieben?" Zunächst war sie unsicher, fand dann aber schnell eine Antwort. „Die hat sicher Ihr Vater als Kindergeld einbehalten. Ich werde aber in meiner Zentrale in London nachfragen, ob dem auch so ist." Tatsächlich lag sie nach dem Mittagessen auf ihrem Bett und „*telepathierte*" mit dem Königshaus in London. Die „Telepathie" ermöglichte es ihr, mit den Mächtigen der Welt in Kontakt zu treten. So hielt sie immer regen Kontakt mit den „*Vertretern ihres Weltreiches*": Gorbatschow in Russland, US-Präsident Reagen, König Juan Carlos von Spanien, König Gustav von Schweden und viele, viele andere.

Nach einiger Zeit der angeregten Unterhaltung kam sie aus ihrem Zimmer und stürmte ins Dienstzimmer. Es war ihr egal, dass wir uns mitten in der Dienstübergabe befanden.

„Prinz Charles hat mir soeben mitgeteilt, dass Ihr Vater diese fehlenden fünfzehn Millionen jedes Quartal für sich beansprucht hat. Bitte besprechen Sie alles Weitere dann mit ihm." Sprach's, drehte sich um und ging in ihr Zimmer zurück.

Mein Vater war ich, sein eigener Sohn, ich war gleichzeitig mein Vater… Millionen hin oder her, mein Konto befand sich eh meist im Minus.

Am nächsten Tag kam die „Fürstin", wie sie sich selber nannte, wieder zu mir. Doch diese Mal ging es nicht um Geld.

„Herr Gerd, bitte sorgen Sie dafür, dass Schwester Susi entlassen wird. Sie ist eine Hure und hat neun Geschwister, die alle gleich aussehen. Sie wurden alle von Dr. Hamm gezeugt, der, ohne mich zu fragen, sein Glied in mich steckte. Ich musste diese Kinder dann unter Qualen austragen. Hitler holte diese Kinder bei mir ab und ließ sie erziehen. Nun hat Schwester Susi, die als Spionin eingeschleust wurde, erfahren, dass ich hier in der Klinik meine Staatszeit absolvieren muss, bevor ich Weltenfürstin werde. Darum will sie mich ermorden und mit ihren Schwestern selbst die Herrschaft übernehmen. Wenn Sie schnellstens dafür sorgen, dass Schwester Susi entlassen wird, und ich auch wieder in mein Haus nach Hannover komme, sind Sie ein gemachter Mann. Sie bekommen von mir eine Menge Geld und eine exzellente Arbeitsstelle. Sie brauchen dann keine Ärsche mehr zu putzen und sich mit diesen Leuten hier herum zu ärgern, die ja doch alle plemplem im Kopf sind." Hatte ich selbst schon einen Sprung in der Schüssel? Meine spontane Antwort ließ diesen Gedanken zu.

„Wozu brauche ich Geld und eine gute Arbeitsstelle? Ich werde mich bald in mein Privatleben zurückziehen. Mit den Millionen, die ich bei Ihnen unterschlagen habe, kaufte ich das schöne Bayernland. Dort werde ich ein eigenes Königreich errichten." Erst starrte sie mich ungläubig an, dann fing sie herzhaft an zu lachen.

„Sie haben eine Meise! Eine Monarchie wird bei uns nie wieder entstehen. Ich habe doch die Weltherrschaft gegründet". Da hatte ich den Salat. Nun war ich der Verrückte.

Die Fürstin, so wurde sie auch vom Pflegepersonal genannt, lebte völlig in ihrer Welt. Früher war sie Hausangestellte auf einem Schloss in Ostpreußen gewesen. Mit der Zeit bildete sie sich ein, selbst zu diesem Adelsgeschlecht zu gehören und eine direkte Nachfahrin von Fürst Bismarck zu sein.

Eines Tages saß ich wieder einmal mit den Patienten im Aufenthaltsraum und versuchte, mit verschiedenen ins Gespräch zu kommen. Auch die Fürstin saß mit in der Runde.

„Wie sind Sie eigentlich zu all den Fürstentiteln gekommen?", fragte ich sie. Ihre Erklärung war einfach:

„Ich selbst bin eine Geborene von Bismarck. Mein Mann war Fürst Desney von Schwadenborn. Wir bewohnten ein Reihenhaus in einer kleinen Wohnsiedlung im Brandenburgischen. Ging ich einkaufen, sah ich hinter den Fenstern die Nachbarn stehen, wie sie mir neidisch nachgafften. Dauernd redeten und lästerten sie über mich, denn sie konnten ja nicht wissen, dass ich durch die Wände hindurch alle Gespräche mithören konnte. Eines Tages nahm ich zum Einkaufen einen Hammer mit und zerschlug in den Erdgeschosswohnungen der Siedlung alle Fenster. So erhielt ich den Titel „*Fürstin von Hammerschlag.*" Kurz danach wurde ich in eine Klinik eingewiesen, in der ich meine Staatszeit absolvieren sollte. So habe ich mich entschlossen, jetzt die Weltherrschaft zu gründen und zu übernehmen. Alle wichtigen Staatsleute der Welt sind bereits auf meiner Seite. In allen Entscheidungen werde *ich* zuerst um Rat gefragt."

Ich mochte sie gerne und habe mich oft und ausführlich mit ihr unterhalten. Ihre Welt faszinierte mich. Monatelang verhielt sie sich völlig normal, doch wenn der nächste psychotische Schub kam, konnte sie unausstehlich werden. Sie lehnte dann auch jede Medizin ab. Sie wird wohl bis ans Ende ihres Lebens in der Psychiatrie bleiben müssen, da sie völlig unberechenbar ist. Trotz aller Fortschritte der Medizin kann ihr nichts und niemand helfen.

Arme Fürstin!

Wir müssen alles feiern

Verflixt! Zum ersten Mal in den ganzen Jahren in der Pflege verschlafen! Um sechs Uhr sollte mein Frühdienst beginnen, jetzt war
es bereits halb neun. Hoffentlich waren genug Kollegen zum Frühdienst eingeteilt. Jetzt hieß es im Akkord: Kaffeemaschine einschal-
ten, ins Bad stürmen, rasieren, Zähne putzen. Anschließend im Stehen schnell eine Tasse Kaffee und los. So schnell war ich noch nie
fertig. Zum Glück wohnte ich nur wenige Autominuten von der Klinik entfernt. Auf Station eilte ich ins Dienstzimmer und schaute auf
den Plan. Es waren sechs Kollegen im Frühdienst. Da hätte ich auch
bis zehn Uhr oder länger verschlafen können. Die Stationsschwester
saß am Schreibtisch und schaute mich aus großen Augen an. „Ent-
schuldige, habe leider verschlafen. Hab den Wecker wohl nicht gehört. Die zwei Stunden werde ich dann heute länger bleiben."

„Ja, du hast Recht. Wir müssen alles feiern. Geburtstage, Todes-
tage, Sonne, Mond und Sterne, den neuen Schrank, das Bett und das
Auto… alles, alles, alles!"

„Sag mal, bist du bescheuert?", fragte ich sie und deutete mit der
winkenden Hand vor dem Gesicht eine Mattscheibe an. Sie warf den
Kugelschreiber auf den Schreibtisch, kippte beim Aufspringen den
Stuhl um, rannte aus dem Dienstzimmer und knallte die Tür kra-
chend hinter sich zu. Wie vom Donner gerührt stand ich da und
überlegte, was ich falsch gemacht hatte. Die Tür öffnete sich und
Joachim kam rein. „Was war denn jetzt schon wieder los?", fragte er
irritiert. Ich versuchte, ihm die Sachlage zu erklären. „Deine Bemerkung war verkehrt. Sie hat heute wirklich eine Meise. Ich beobachte
sie schon den ganzen Morgen unauffällig und passe auf, dass sie

keinen Mist baut." Das konnte ja heiter werden. Nach drei Wochen Krankheit war sie heute den ersten Tag wieder im Dienst und fing gleich an zu spinnen. Gut, jeder wusste, dass sie es zu Hause nicht leicht hatte. Ihr Mann war Alkoholiker und arbeitslos. Dazu war er auf Gott und die Welt eifersüchtig. Sonst war sie im Dienst die Freundlichkeit in Person. Wir konnten jederzeit mit allen Problemen zu ihr kommen. Ihr hatte ich es letztendlich zu verdanken, dass ich damals in der Klinik geblieben war. Und jetzt? Sie schien mir ziemlich am Ende zu sein.

Nach längerem Suchen fand ich sie im Arztzimmer. Zusammengekrümmt, wie ein Häufchen Elend, saß sie auf dem Sofa und weinte leise vor sich hin. Ruhig setzte ich mich neben sie und legte ihr vorsichtig meine Hand auf die Schulter.

„Kann ich dir irgendwie helfen? Willst du reden?" Mit leeren, traurigen Augen sah sie mich an. „Ich halte das alles einfach nicht mehr aus. Mein Mann weckt mich jede Nacht auf und möchte in seinem besoffenen Kopf mit mir reden. Er bildet sich ein, ich hätte ein Verhältnis mit einem anderen. Wenn ich ihm dann sage, dass dies nicht stimmt und ich jetzt schlafen will, weil ich ja am nächsten Morgen arbeiten muss, schlägt er zu. Er kann ja am nächsten Morgen ausschlafen. Ich muss raus aus dem Bett und soll dann hier wieder für alle Probleme ansprechbar sein. Ich kann einfach nicht mehr. Es wird mir alles zu viel." Die Worte sprudelten nur so aus ihr heraus. Dann fing sie heftig an zu weinen. Ich kam mir so hilflos vor, so verlassen. Was konnte ich ihr sagen? „Geh nach Hause?" Was sollte sie dort bei ihrem besoffenen Mann? So ließ ich sie weinen und legte meinen Arm fester um ihre Schulter. Nach einiger Zeit wurde sie ruhiger. Sie wischte sich über die verweinten Augen und zog ein Taschentuch aus der Kitteltasche.

„Danke, es tut gut, etwas menschliche Wärme zu spüren. Es geht schon wieder." Den Rest der Dienstzeit machte sie einen recht normalen Eindruck. Sie verhielt sich zwar sehr ruhig, arbeitete aber wie immer. Kurz vor Dienstende nahm ich sie nochmals zur Seite.

„Pass auf: Wenn es dir eine Hilfe ist, kannst du für einige Tage bei uns im Gästezimmer wohnen. Da hast du Ruhe und kannst abschalten." Sie lächelte mich unsicher an, wirkte auf mich wie ein verschüchtertes Kind.

„Ist schon gut. Danke. Vielleicht komme ich auf dein Angebot zurück." Leider kam sie nie darauf zurück. In der nächsten Nacht suizidierte sie sich. Jede Hilfe kam zu spät. Hatte ich zu wenig für sie getan? Sollte ihr Suizid nur ein Versuch, ein Schrei nach Hilfe sein? Ich weiß es nicht. Unsere Patienten beobachten wir genau. Jedes Wehwehchen, jede depressive Verstimmung wird sofort registriert und behandelt. Wie aber verhalten wir uns unseren Arbeitskollegen gegenüber? Wie reagieren wir, wenn einer von seinen dienstlichen oder privaten Problemen und Ängsten erzählt? Gehen wir auf ihn ein, oder haben wir zu viel mit uns selbst zu tun? Vergessen wir nicht oft, dass wir nicht nur Pflegende, sondern auch Menschen sind!?

Bei unserer Stationsschwester setzten wir immer voraus, dass sie mit ihren 30 Jahren eine belastbare Person sein musste.

Nachts, wenn alles schläft

Die freie Woche war herrlich gewesen. Ich hatte den Sommer in vollen Zügen genossen und abends lange auf dem Balkon gesessen. Jetzt begann wieder eine anstrengende Woche im Nachtdienst. Der einzige Vorteil der Dauernachtwache war der Arbeitsrhythmus: Eine Woche Dienst, eine Woche frei.

Mitternacht war vorbei. Ich hatte die Tabletten für den nächsten Tag gestellt. Für 36 Patienten war das eine Aufgabe, die große Konzentration erforderte. Darum erledigte ich diese Arbeit meist kurz nach Mitternacht, weil es dann erfahrungsgemäß auf Station am ruhigsten war. Als nächstes wollte ich mir einen Kaffee machen und etwas essen. Irgendwo klapperte eine Tür. Leise schaute ich auf den Flur. Eine Patientin aus Zimmer 3 ging zur Toilette. Beruhigt ging ich zurück ins Dienstzimmer. Da, ein lautes Rappeln, gefolgt vom Knallen einer Tür. Hans, ein hochgradig psychotischer und teilweise sehr aggressiver Patient, kam aus seinem Zimmer getorkelt. Ich konnte ihm ansehen, dass die Tabletten, die er zur Nacht bekommen hatte, noch enorme Nachwirkungen zeigten.

„Hans, was machst du denn schon auf?", fragte ich ihn leise. Aus verschlafenen Augen blickte er mich groß an.

„Onkel Gerd, gib mir bitte ein Messer", lallte er benommen. Seit wir uns kennen, war ich für ihn immer nur „Onkel Gerd".

„Was willst du denn mit einem Messer? Es ist jetzt mitten in der Nacht und du solltest dich besser wieder ins Bett legen." Er ließ sich nicht beeinflussen.

„Gib mir bitte ein Messer. Ich bin doch eine Frau. Ich muss mir das Ding da abschneiden. Keine Frau hat so etwas!" Er hob sein Nachthemd hoch und zeigte mir seinen Penis.

„Hans, du bist ein Mann. Und Männer haben so ein Ding."

„Nein, Gott hat mir eben gesagt, dass ich eine Frau bin und mir dieses Ding abschneiden soll." Kräftig packte er seine Hoden und zog daran.

„Komm, gib mir mal deine Hand und schau mir ins Gesicht", versuchte ich ihn abzulenken. Es klappte. Er sah mich an und gab mir die Hand.

„Kann ich eine Zigarette haben?" Da war sie wieder, diese Erpressung. Oft war ich mir bei Hans, und auch bei anderen Bewohnern nicht ganz sicher, ob etwas Berechnung oder Krankheit war.

„Komm, wir gehen zusammen eine rauchen." Ich ging mit ihm in den Aufenthaltsraum. Wir setzten uns in zwei nebeneinanderstehende Sessel und rauchten still eine Zigarette. Als wir fertig waren, stand Hans auf. „Ich gehe kurz Schwester Inge auf Station 3 besuchen. Darf ich?" Er schaute mich treudoof an.

„Na gut. Aber in einer halben Stunde bist du spätestens wieder da. Und mach mir keinen Blödsinn!" Von seiner Idee, eine Frau zu sein, war er völlig abgekommen. Also ließ ich ihn gehen. Tatsächlich war er nach zwanzig Minuten wieder zurück auf Station.

„Von Inge habe ich einen leckeren Kaffee bekommen. Hast du noch eine Zigarette?" Freudestrahlend schaute er mich an.

„Nein. Es ist wohl besser, wenn du jetzt wieder ins Bett gehst. Wenn du morgen früh ausgeschlafen hast, bekommst du noch eine."

Leise vor sich hin murrend ging er in sein Zimmer. Kurz darauf hörte ich sein Bett an die Wand poltern. Die Bremse des Bettes war offensichtlich noch nicht repariert, obwohl der Anforderungsschein schon vor einer Woche in die Werkstatt gekommen war. So wusste ich, er lag wieder im Bett. Bis vier Uhr war es eine recht ruhige Nacht. Außer dem Lagern der Schwerstkranken und dem frischen Windeln der Inkontinenten gab es nichts zu tun. Dann hörte ich das Schlagen einer Tür. Vorsichtig schaute ich aus dem Dienstzimmer. Hans war auf dem Weg zur Toilette. Er wirkte ruhig und tastete sich langsam an der Wand entlang. Wie fast immer, wollte er die Tür zu Zimmer 2 öffnen.

„Hans, die nächste Tür ist die Toilette", rief ich leise. Er drehte sich zu mir um. Wie oft hatte er schon diese Türen verwechselt und dann einfach in die Waschecke oder den Papierkorb vom Zimmer 2 uriniert.

„Ach, ja! Danke, Onkel Gerd." Er ging weiter zur nächsten Tür. Ich setzte mich wieder und las in meinem Buch weiter. Nach längerer Zeit fiel mir auf, dass Hans noch nicht in sein Zimmer zurück gegangen war. Während ich noch darüber nachdachte, hörte ich das Klirren von Glas. Ich legte einen Spurt in Richtung Aufenthaltsraum hin, der einem Sportler zur Ehre gereicht hätte. Im Aufenthaltsraum knipste ich zunächst das Licht an. Als die Neonröhre aufflammte, sah ich die kaputte Glasscheibe und Hans, der gerade dabei war, sich eine Glasscherbe zu nehmen und damit seinen Penis aufzuritzen.

„Hans, was soll das?", sprach ich ihn laut an. Einen Moment lang hielt er die Glasscherbe in der Hand und schaute mich groß an. Dann gab er ein lautes „Iiiahh" von sich.

„Ich bin ein Esel. Ein Esel braucht so ein Ding nicht." Wieder wollte er anfangen, sich zu ritzen.

„Komm, gib mir das Glas." Ich ging langsam auf ihn zu und streckte meine Hand nach der Glasscherbe aus. „Nein, Du wolltest mir kein Messer geben und jetzt willst du mir auch noch die Glasscherbe nehmen. Ich muss doch tun, was Gottvater von mir verlangt." Während ich noch mit Hans sprach, drückte ich zugleich auf den Notruf, der sich immer in meiner Kitteltasche befand. Die Zentrale wusste dann genau, wo umgehend Hilfe gebraucht wurde. Während ich langsam auf Hans zuging, sah ich schon Blut spritzen. Nun konnte mich nichts mehr halten. Ich stürmte nach vorne und versuchte, Hans die Glasscherbe wegzunehmen. Im gleichen Moment registrierte ich, dass der diensthabende Arzt den Flur entlanglief.

„Hierher", rief ich nicht zu laut, um die Station nicht in Aufruhr zu versetzen. Zusammen hatten wir Hans, trotz seiner Körperfülle, schnell im Griff. Als Hans den Arzt erkannte, gab er auf.

„Hallo, Herr Doktor. Ich muss mir das Ding da unten abschneiden, weil ich ein Esel bin Iiaaahhhhhh."

„Zieh bitte zwei Ampullen Glianimon auf und bring den Notfallkoffer mit. Mal sehen, wie schlimm die Verletzung ist." Hans bekam die Medizin gespritzt. Die Schnittwunde war zum Glück nur oberflächlich und schnell versorgt. Nachdem die Wirkung der Spritze eingesetzt hatte, ließ sich Hans ins Bett bringen und ward in dieser Nacht nicht mehr gesehen. Es reichte mir auch. Von wegen, ruhige Nacht.

Will die Alte ewig leben?

Nach über acht Jahren Psychiatriearbeit wurde mir eine Stelle bei einem privaten Pflegedienst angeboten. Natürlich sagte ich zu. Allein schon der Gedanke, alten und hilfebedürftigen Menschen durch diese Arbeit einen Heimaufenthalt zu ersparen, oder diesen zumindest zeitlich verzögern zu können, war ungemein befriedigend. Es machte Spaß, die Menschen in ihrer gewohnten Umgebung zu pflegen und zu betreuen. Mit der Zeit gehörte ich bei manchen fast zur Familie. Eines Tages rief Frau Meier an.

„Können Sie bitte eine alte Dame in die Pflege aufnehmen? Sie soll morgen schon aus dem Krankenhaus entlassen werden. Wie das allerdings zu Hause gehen soll, weiß ich nicht. Wir haben weder ein Pflegebett noch sonstige Dinge, die Sie vielleicht brauchen."

„Machen Sie sich keine Sorgen, das werden wir schon auf die Reihe bringen", beruhigte ich sie.

„Kann heute noch jemand von uns sich das häusliche Umfeld ansehen?" Frau Meier bejahte.

„Wenn es Ihnen recht ist, bringen wir auch gleich ein Pflegebett mit." Nach Rücksprache mit der Chefin wurde ich für diese Aufgabe „abkommandiert". Krankenunterlagen, diverse Salben, Handschuhe, das zerlegbare Pflegebett mit Gittern. Hatte ich alles im Auto? Ja. Dann los!

Als ich bei Frau Meier ankam, war sie außer Rand und Band.

„Wie kann man so eine alte Frau nur nach Hause entlassen! Das ist doch eine Unverschämtheit. Jetzt ist die Alte schon 92. Kann man die nicht in Ruhe im Krankenhaus sterben lassen? Wie soll denn das hier funktionieren?"

„Seien Sie doch froh, dass Ihre Mutter so alt wurde. Andere wären glücklich, sie so lange bei sich zu haben." Meine Worte waren aber nur Wasser auf ihre Mühlen.

„Von wegen Mutter! Wir sind mit der Alten ja nicht einmal verwandt. Vor über zwanzig Jahren haben wir dieses Haus von der Alten auf Leibrente gekauft. Damals dachten wir, mit ihren siebzig Jahren macht's die sowieso nicht mehr lange. Aber die muss mit dem Teufel im Bund sein. Hätten wir das damals gewusst, hätten wir die Finger von diesem Haus gelassen. Mittlerweile haben wir mehr an Leibrente bezahlt, als das ganze Anwesen wert ist." Da also lag der Hase im Pfeffer.

„Wenn Sie mit der Pflege überfordert sind, kann ich gerne mit der Sozialarbeiterin im Krankenhaus reden. Die findet bestimmt einen guten Pflegeplatz in einem Heim." Ich hatte den Satz noch nicht beendet, als sie hysterisch loslegt.

„Ja, sind Sie denn verrückt! Dann müssen wir auch noch für die Kosten aufkommen." Entrüstet schnappte sie nach Luft.

„Die Alte war so gerissen. Den Passus hat sie gleich mit in den Vertrag genommen, dass wir sie bis zum Tod im Hause behalten, oder für die Heimkosten aufkommen müssen. Wäre das nicht, hätten wir sie doch längst in so einen Pflegekasten gesteckt." Frau Meier wurde mir immer unsympathischer. Trotzdem versuchte ich ruhig zu bleiben.

„Ich lade jetzt erst mal alles aus, nachher fahre ich ins Kranken-haus und sehe mir die alte Dame an. Heute Abend telefonieren wir noch einmal, um für morgen einen Termin festzulegen."

Frau Dick, so hieß die alte Dame, hatte eine tolle, helle Wohnung im Obergeschoß des großen Hauses. Drei riesige Zimmer, eine groß-zügig bemessene Wohnküche und ein geräumiges Bad. Vor dem Wohnzimmer befand sich ein großer Balkon, mit Blick in den Gar-ten, welcher schön angelegt war. Ich konnte gut verstehen, dass Frau Dick bis an ihr Lebensende hierbleiben wollte. Nachdem ich das Pflegebett im Schlafzimmer aufgebaut hatte und alles soweit ver-staut war, verabschiedete ich mich von Frau Meier. Sie konnte nicht an sich halten und gab mir noch folgende Worte mit auf den Weg:

„Wenn Sie sich die Alte gleich anschauen, dann sagen Sie dem Personal ruhig, dass es eine Unverschämtheit ist, eine so schwer-kranke Frau schon nach zwei Wochen wieder nach Hause zu entlas-sen!"

Ohne Kommentar fuhr ich davon. Was ich im Krankenhaus vor-fand, war eine zierliche, weißhaarige alte Frau mit runzeligem Ge-sicht und einer warmen Ausstrahlung. Eine richtig nette Oma, wie sie sich jeder nur wünschen konnte.

„Ooohhh, Peter! Schön, dass du endlich kommst. Tag und Nacht rufe ich nach dir, aber du hörst mich einfach nicht. Gib mir doch bitte etwas zu Trinken. Ich habe so einen Durst!" Ich reichte ihr den Be-cher mit dem Saft, der auf dem Nachttisch stand. Mit einem Zug trank sie ihn leer. Es war leider kein klares Wort mit Frau Dick zu reden, da sie in mir nur Peter sah und die ganze Zeit ihre Freude zum Ausdruck brachte, dass ich endlich da sei. So verließ ich sie nach kurzer Zeit und suchte jemanden vom Pflegepersonal. Zunächst war die Schwester sehr reserviert. Als sie jedoch hörte, dass ich vom Pflegedienst war, der Frau Dick zu Hause versorgen sollte, wurde sie zugänglicher.

„Ich dachte zuerst, Sie gehören zu dieser verkorksten Familie, die nur auf Frau Dicks Tod wartet. Die arme Frau! In den letzten Jahren war sie über zehn Mal bei uns. Es gab nie eine klare Diagnose, außer, dass sie immer total ausgetrocknet war. Die gaben ihr bestimmt viel zu wenig zu trinken und auch zu essen. Als Frau Dick das erste Mal bei uns war, brachte sie fast achtzig Kilogramm auf die Waage. Heute sind es noch knappe 50." Die Schwester sprudelte geradezu über, offenkundig froh, dass sie ihren Frust endlich einmal loswerden konnte.

„Ich will mal sehen, ob ich den Stationsarzt erreiche. Der hat Ihnen bestimmt noch einiges zu erzählen." Sprach's und lief davon. Nach längerer Zeit kam ein junger Mann auf mich zu. An seinem weißen Kittel war er als Arzt zu erkennen.

„Freut mich, dass Frau Dick endlich einen Pflegedienst bekommt. War auch Zeit. Die Familie im Haus ist, entschuldigen Sie bitten den Ausdruck, zum Kotzen und völlig unfähig, mit der alten Frau umzugehen." Mit einer Handbewegung lud er mich ein.

„Kommen Sie doch bitte mit in mein Zimmer." Wir gingen in ein spärlich möbliertes Zimmerchen, das keinerlei persönliche Note aufwies.

„Wenn Sie bei Frau Dick darauf achten, dass sie möglichst viel trinkt und ihre Medikamente regelmäßig bekommt", fuhr er fort, „haben wir eine Chance, sie für längere Zeit in ihrer Wohnung zu halten. Eigentlich wollten wir sie in einem Pflegeheim unterbringen, aber Familie Meier hat sich mit Händen und Füssen dagegen gewehrt. Die Gründe kennen Sie vermutlich bereits. Bisher wurde Frau Dick immer als todkrank eingewiesen, war aber nur massiv exigiert. Den Meiers kann ich erzählen, was ich will, die hoffen immer, dass Frau Dick endlich stirbt ..."

„Wann wird sie morgen entlassen? Wir werden versuchen, direkt bei ihrer Ankunft im Haus zu sein." „Den Krankenwagen haben wir auf elf Uhr bestellt. Aber Sie wissen ja selbst, wie es so zugeht. Wenn ein Unfall dazwischenkommt, kann es auch schnell etwas später werden. Sollten Sie Zuhause noch Fragen haben, können Sie mich jederzeit hier anrufen." Ich hatte den starken Eindruck, dass er in Eile war. So verabschiedete ich mich und ging. Am Abend telefonierte ich noch mit Frau Meier. Wir verabredeten uns für 11:30 Uhr. Als ich gegen halb zwölf am nächsten Tag bei Frau Meier ankam, war diese völlig außer sich.

„Stellen Sie sich vor, kurz nach neun haben die schon vor der Tür gestanden. Die Alte hängt dauernd ihre Füße zum Bettgitter raus und will aufstehen! Dabei ruft sie nur immer nach Peter. Mich hat sie gar nicht erkannt. Das kann doch unmöglich gut gehen!"

Oh je! Warum hatten wir diese Pflegestelle nur angenommen! Das war ja eine Herausforderung der besonderen Art. Aber wenn wir Frau Dick helfen konnten, ihren Lebensabend etwas liebevoller zu gestalten, würde sich der Stress lohnen. Als ich ins Zimmer kam, strahlte mich Frau Dick an.

„Gut, dass du kommst, Peter. Gib mir doch bitte schnell was zu trinken." Ich öffnete die Saftflasche, die in der Küche stand, füllte ein Glas und reichte es ihr. Erneut leerte sie das Glas in einem Zug.

„Hilf mir aus dem Käfig raus", bat mich Frau Dick. „Warum werde ich hier eingesperrt?"

„Sie sind zu unsicher auf den Beinen", versuchte ich ihr mit ruhigen Worten die Lage zu erklären.

„Wenn Sie alleine versuchen aus dem Bett aufzustehen, fallen Sie um. Es muss immer jemand bei Ihnen sein. Darum haben wir das Gitter am Bett angebracht. Ich werde Ihnen jetzt in den Sessel helfen, dann können Sie etwas am Fenster sitzen." Ich entfernte das Gitter, setzte Frau Dick auf die Bettkante, zog ihr einen Bademantel über und half ihr auf die Beine. Sie war recht unsicher.

„Sehen Sie, alleine könnten Sie das nicht. Sie würden sofort umfallen. Wenn Sie sich was brechen, müssten Sie wieder ins Krankenhaus."

„Ja, Peter du hast ja Recht. Aber es ist so langweilig, die ganze Zeit im Bett zu liegen." Ich führte sie langsam zum Sessel am Fenster und setzte sie dort bequem hin, eine Wolldecke um die Knie geschlungen. Sie schaute auch sofort interessiert aus dem Fenster und beobachtete die Umgebung. Sie war sichtlich erfreut, wieder Zuhause zu sein. Ich ging zu Frau Meier, die sich in der Küche an den Tisch gesetzt hatte.

„Nehmen Sie es nicht so schwer. Wir werden Ihnen helfen, wo es geht. Wer ist eigentlich Peter? Frau Dick nennt mich immer so."

„Peter ist ihr einziger Sohn." Sie wies auf meinen Kopf.

„Mit ihren dunklen Haaren könnte man Sie entfernt mit ihm verwechseln. Nur ist er einige Jahre älter als Sie. Peter ist in Köln in leitender Stellung in einem großen Konzern tätig. Er kommt aber nur ein bis zweimal im Jahr. Meist zum Geburtstag und zu Weihnachten.

Ansonsten kümmert der sich einen Dreck um die Alte. Er bekam damals die 120.000,00 Mark, die wir als Anzahlung leisten mussten. Damit hatte er seinen Erbteil. Was mach ich nur, wenn etwas passiert und sie sind nicht da? Früher hatte sie oft ihren Kot an die Wände geschmiert oder ist aus dem Haus gelaufen. Das mit dem Laufen klappt ja jetzt, Gott sei Dank, nicht mehr. Aber sie wird bestimmt versuchen, über das Gitter zu steigen." Frau Meier schien geradezu etwas wie Gefühl zu entwickeln.

„Dann rufen Sie einfach an. Ich gebe Ihnen auch meine Privatnummer. Da ich ohnedies hier in der Nähe wohne, können Sie jederzeit, auch in der Nacht, anrufen."

Es wurden harte Wochen. Wie oft wurde ich, auch in der Nacht, wegen Frau Dick angerufen. Mal hatte sie alles mit Kot beschmiert, mal hatte sie sich den Katheter gezogen. Zweimal stieg sie auch übers Gitter und stand dann unsicher vor dem Bett. Von Tag zu Tag wurde sie hinfälliger. Die Medikamente durften wir nicht verabreichen, da Frau Meier selbst unbedingt diese Aufgabe wahrnehmen wollte.

„Diese Aufgabe habe ich schon die ganzen Jahre übernommen. Da brauchen Sie sich nicht drum zu kümmern." Komisch war, wie ich bald feststellen musste, dass die Tabletten in den Packungen nie weniger wurden. Die einzigen Packungen, die zügig verbraucht wurden, war die mit den Schlaftabletten zur Nacht und die Flasche Dipiperon-Saft, den Frau Dick bei Unruhe bekommen konnte. Der Urin wurde auch immer konzentrierter. Nach Aussage von Frau Meier trank „die Alte" massenhaft. Zum Beweis stand auch immer eine leere Saftflasche auf dem Nachttisch.

In meiner Verzweiflung wandte ich mich an Frau Dicks Hausarzt und schilderte ihm die Situation. Das war ein Fehler. Er empfing mich zunächst sehr freundlich. Als ich ihm jedoch von meinem Verdacht erzählte, dass Frau Dick nur Schlaf- und Beruhigungsmittel bekäme, die Herz- und Wassertabletten jedoch, wie die Blutdruckmittel, immer vollzählig in der Packung lägen und auch Essen und Trinken sehr kurz käme, da ging er hoch wie eine Rakete.

„Was bilden Sie sich eigentlich ein! Die Familie Meier gehört zu meinem engsten Freundeskreis, und das seit Jahren. Dieser Verdacht ist ungeheuerlich. Von mir wird Ihr Pflegedienst bestimmt keinen Patienten mehr bekommen, darauf können Sie Gift nehmen. Ich werde Frau Meier empfehlen, Ihnen den Auftrag zu entziehen. Und jetzt verlassen sie meine Praxis!" Ich war schnell weg.

In der nächsten Nacht wurde ich gegen vier Uhr von Frau Meier angerufen. Frau Dick lag tot vor dem Bett. Als ich ankam, machten alle traurige Gesichter. Was für eine verlogene Gesellschaft! Seit Jahren warteten sie auf das Ableben der „Alten" und jetzt spielten sie die trauernden „Hinterbliebenen"! Frau Dick hatte einen sehr gelösten Gesichtsausdruck, was mich etwas beruhigte. So hatte sie wenigstens nicht leiden müssen. Sie war offensichtlich wieder übers Bettgitter gestiegen. War es Herzversagen? Ich wusste es nicht. Was mir nur auffiel, waren die vielen fehlenden Schlaftabletten und der um ca. zwei Zentimeter reduzierte Pegel der Dipiperonflasche. Als mir Frau Meier etwas hochnäsig berichtete, der Hausarzt müsste auch jeden Moment eintreffen, wollte ich mich schnell aus dem Staub machen. Doch es war zu spät. Es läutete schon an der Tür. Herr Meier begrüßte den Arzt, wie sich alte Freunde begrüßen. Ohne auch nur einen Blick auf die Verstorbene geworfen zu haben, fragte der Hausarzt schon beim Eintreten jovial in die Runde: „Hat das alte Herz aufgehört zu schlagen? Damit mussten wir ja schon lange rechnen." Damit stand seine Diagnose bereits fest. In mir kochte es. Ich sagte keinen Ton und verließ das Zimmer. Ich wollte diesem Schauspiel nicht einen Moment länger als notwendig beiwohnen. Frau Meier geleitete mich an die Haustür.

„Vergessen Sie nicht, morgen die ganzen Pflegesachen und das Bett zu holen. Jeder Tag der Bettmiete kostet schließlich unser Geld. Gute Nacht." Damit war ich entlassen, oder rausgeschmissen, wie man es sehen wollte! Mit der Chefin und im Team besprachen wir die Möglichkeit, rechtliche Schritte einzuleiten. Doch was konnten wir gegen Hausarzt und Familie ausrichten? Selbst der Sohn, den wir früh am nächsten Morgen telefonisch erreichten, war nicht sonderlich betroffen.

„Ja, ich bin schon von Frau Meier informiert worden. Hat sie endlich die Augen zugemacht? Alt genug war sie ja. Seien wir doch froh, wenn wir mal so alt werden. Vielen Dank für Ihren Einsatz." Ich fand buchstäblich keine Worte. Wie oft werden alte Leute in dieser Art misshandelt, bis hin zur bewussten körperlichen Schädigung. Gebe Gott, dass wir, wenn wir einmal alt und auf Hilfe angewiesen sind, nicht in die Hände einer Familie Meier geraten.

Sex ist kein Privileg der Jugend

Dieses Thema wird zumeist tabuisiert. Sexualität gehört einfach nicht in das allgemeine Bild vom älteren Menschen. Und doch ist sie vorhanden. Ich habe es in der Psychiatrie immer als menschenunwürdig empfunden, wenn die Patienten ihre Sexualität im Park, hinter Büschen oder auf einer relativ versteckten Bank ausleben mussten. Aber wo sollten sie sonst hingehen? Lange Zeit kämpften wir bei der Klinikleitung dafür, den Patienten ein Zimmer zur Verfügung zu stellen, in dem sie sich in Ruhe zum Sex treffen konnten. Vergeblich! Den Patienten blieb weiterhin nur der Park oder die Toilette. Ich werde nie das Gesicht einer Mitarbeiterin vergessen, die in der Dienstübergabe entrüstet davon erzählte, wie sie Frau X. am Morgen im Bett beim Masturbieren *erwischt* hätte. Wie erniedrigend! Ich bin davon überzeugt, dass diese Mitarbeiterin mit ihrer eigenen Sexualität nicht zurechtkam, sonst wäre sie über diesen „Vorfall" einfach hinweggegangen, ohne ihn öffentlich auszuposaunen. War und ist die Onanie nicht eines der natürlichsten Bedürfnisse? Fast jeder tut es, aber kaum einer redet darüber. Wie oft habe ich in meinem Berufsleben Menschen, Männer wie Frauen, bei dieser lustbetonten Tätigkeit angetroffen. Ich habe mich jedes Mal entschuldigt, sie zum Weitermachen ermutigt und mich diskret verzogen.

Eine emigrierte Baronin aus Russland, bereits 92 Jahre alt, kam wegen diabetesbedingter Durchblutungsstörungen und damit einhergehender Verwirrtheitszuständen zu uns in Behandlung. Sie war erfrischend in ihrer Art und wusste die tollsten Sachen aus der schönen, alten Zeit zu erzählen. Mich nannte sie immer *„mein schöner, dunkler Prinz"*. Abends hatte ich es mir zur Gewohnheit gemacht, kurz vor Dienstende noch einmal durch alle Zimmer zu gehen, um zu sehen, ob alles in Ordnung war oder ob jemand noch etwas brauchte. Als ich zur Baronin ans Bett kam, strahlte sie mich an.

„Gute Nacht, Frau Baronin."

„Ich bin käine Baronin", gab sie zur Antwort. Ihr breiter Dialekt mit der rollenden Aussprache des „R" hörte sich lustig an.

„Dann sind Sie vielleicht Fürstin oder gar Königin?", fragte ich zurück.

„Näin, auch daas träfft nicht zu."

„Sind Sie dann mein goldenes Prinzesschen?" Ihre Augen leuchteten, sie strahlte mich lächelnd an und drückte mir fest die Hand. „Das kännen wir uns heite Nacht noch gemeinsam iberlägen." Ich musste mir ein Lachen verkneifen. So gab ich ihr ein Küsschen auf die Stirn, sagte gute Nacht und ging. In der Woche darauf sorgte die Baronin in meinem Nachtdienst für große Aufregung. Bei einem meiner Rundgänge lag sie nicht in ihrem Bett. Auch auf der Toilette und im Aufenthaltsraum war sie nicht zu finden. Die Station konnte sie nicht verlassen haben, da sie den Öffnungsmechanismus der Ausgangstür nicht kannte. So musste ich durch alle Zimmer gehen und sie suchen. Im letzten Zimmer, einem Einzelzimmer für Privatpatienten, lag sie – mit im Bett. Wie sie über das Bettgitter gelangen konnte, war mir ein Rätsel. Der 96-jährige Mann, bei dem sie im Bett „*gelandet*" war, reagierte ganz verzweifelt.

„Gott sei Dank, dass Sie kommen. Diese Hyäne ist einfach zu mir ins Bett geklettert, obwohl ich ihr versicherte, dass ich bestimmt nichts mit ihr anzufangen weiß." Mir bot sich ein phantastisches Bild. Der alte Herr lag ängstlich an die Wand gedrückt, die Baronin auf der anderen Seite, halb unter der Zudecke und streichelte dem alten Herrn über den Kopf.

„Ich habä ihm gesagt, dass ich nichts von ihm mächte, abär är hat großä Angst vor mir. Was soll ich mit so einäm altän Mann?" Sie ließ sich ohne Gegenwehr wieder in ihr Zimmer bringen. Als sie in ihrem Bett lag und ich ihr die Decke bis zum Kinn hochzog, war plötzlich ihre leise Stimme zu hören:

„Komm zu mir ins Bäätt, mein schäner, schwarzer Prinz. Ich hattä schon so langä keinän rächten Mann mähr."

„Mein Prinzesschen, ich muss arbeiten. Wir verschieben das besser auf morgen".

„Gut, wänn du haite nicht kahnst, machen wiär es äbän morgän." Sie schlief die ganze Nacht in seliger Ruhe.

An einer anderen Arbeitsstelle passierte mir folgende Geschichte: Spät im Nachtdienst kam ich am Aufenthaltsraum vorbei. Das Licht im Zimmer war aus, nur die Sitzecke wurde dezent durch die Flurlampe beleuchtet. Im Schummerlicht sah ich menschliche Umrisse auf dem Sofa sitzen. Als ich ins Zimmer kam und Licht anmachte, sah ich sofort, dass ich hier absolut fehl am Platz war. Ein über 80-jähriger Patient saß mit heruntergelassener Hose da und eine jüngere Patientin war dabei, ihn zu befriedigen. „Entschuldigung, ich will nicht stören. Aber warum macht ihr nicht das Licht an und die Türe zu?" Beide schauten mich verdutzt an, als würden sie eher auf ein Donnerwetter warten.

„Ich ziehe die Gardinen zu und schließe die Tür. Dann achte ich darauf, dass euch niemand stört. Aber macht nicht zu lange." Die

Beiden konnten es nicht glauben, dass ihnen von mir keine Vorwürfe gemacht wurden und ihr Tun einfach als die normalste Sache der Welt betrachtet wurde. Ich schloss die Gardinen, machte die Tür hinter mir zu und ging. Wo sollten sie denn sonst ihre Lust aneinander befriedigen? Der Mann lag mit drei anderen Patienten auf einem Zimmer, sie bewohnte ebenfalls ein Doppelzimmer. Da es schon spät war, störte sie auch niemand. So brauchte ich keinen auf der Station davon abzuhalten, das Zimmer zu betreten. Ich hätte auch nicht gewusst, wie ich dieses Eintrittsverbot begründen sollte. Nach über zwei Stunden kam es mir dann aber doch etwas seltsam vor, dass die Beiden immer noch im Aufenthaltsraum waren. Da der Mann schwer herzkrank war, hätte ja auch sonst was passieren können. Die junge Frau war im Kopf nicht ganz helle, sie litt unter einem frühkindlichen Gehirnschaden. Wenn er umgekippt wäre, hätte es für die Frau vermutlich zum Liebesspiel gehört. Ich ging zur Tür und lauschte. Es war nichts zu hören. Auf mein sachtes Klopfen bekam ich keine Antwort. So öffnete ich leise die Tür. Beide waren damit beschäftigt, ihren Intimbereich zu säubern – mit ihren Taschentüchern. Als ich eintrat, schauten mich beide belustigt an. Es war ihnen offensichtlich nicht mehr peinlich, dass ich ins Zimmer kam.

„Entschuldigung, ich dachte, es sei was passiert. Zwei Stunden sind doch eine lange Zeit", versuchte ich meine Störung zu erklären.

„Nein, nein, ist schon in Ordnung, aber ich bin ja nicht mehr der Jüngste, da kann es schon mal etwas länger dauern", meinte der alte Mann schmunzelnd.

„Und Danke für Ihre Unterstützung. Das war seit langer Zeit das erste Mal, dass wir unseren Gefühlen ungestört freien Lauf lassen konnten." Ich konnte das Glück der Beiden gut nachempfinden. Bestimmt schliefen sie in dieser Nacht gut. Ich habe bis heute niemandem etwas darüber erzählt, da dies für mich einen Eingriff in die Intimsphäre bedeutet hätte. Irgendwie fühlte ich mich selbst glücklich, diesen zwei Menschen zwei Stunden des Glückes ermöglicht zu haben. Einige meiner Kollegen und Vorgesetzten hätten mir daraus bestimmt gerne einen Strick gedreht.

Noch ein letztes, sehr schönes Erlebnis aus diesem Bereich möchte ich nicht vergessen, hier zu erzählen. Fritz, ein sehr vornehmer älterer Herr, war nach dem Tod seiner Frau ins Altenheim gezogen. Da lebte er nun schon über fünf Jahre still vor sich hin. Er ging ins Theater, zu Tanzveranstaltungen für Senioren und war viel unterwegs. Nach diesen fünf Jahren zog Frieda, eine ebenfalls fast 80-jährige Frau, ins Heim. Beide hatten jeweils ein großes Einzelzimmer. Ganz heimlich, still und leise ergab sich zwischen Fritz und Frieda eine Liebesbeziehung. Sie saßen händchenhaltend im Tagesraum, gingen mittags öfter zusammen spazieren und tranken abends auf einem ihrer beiden Zimmer auch mal ein Gläschen Sekt oder Bier. Dabei blieb die Tür, auf ihren Wunsch hin, immer offen, da sie großen Wert darauflegten, zu zeigen, dass es eben „nur" eine enge Freundschaft war. Das ging über zwei Jahre so. Als dann ein Doppelzimmer mit Bad frei wurde, kam für uns überraschend die Anordnung der Heimleitung, Frieda und Fritz gemeinsam in dieses Zimmer zu verlegen. Fritz hatte dies mit der Heimleitung so besprochen. Von dieser Zeit an blieb die Türe abends zu, auch nach dem Mittagessen war das Betreten des Zimmers fürs Pflegepersonal tabu, denn von 13:00 - 15:00 Uhr pflegten die Beiden ihr intimes Stündchen. Heiraten wollten sie nicht, da beide eine gute Rente bezogen. Zuerst waren die Kinder, sowohl die von Fritz, als auch die von Frieda, entrüstet und schämten sich sogar für ihre alten Herrschaften. Mit der Zeit, als sie merkten, dass es für uns ein völlig normaler

Zustand war, freuten sie sich sogar mit den Beiden, dass sie in diesem Alter noch so ein Glück gefunden hatten. Als Fritz mit 93 Jahren starb, folgte ihm Frieda nur drei Wochen später an gebrochenem Herzen …

Gibt es etwa Schöneres, als im Alter noch einmal so intensiv die Liebe zu erleben? Die Beiden fühlten sich sehr glücklich. Fritz betonte oft, dass er mit Frieda wieder so froh und glücklich sei, wie mit seiner ersten Frau. Und Frieda erging es ebenso.

Doch die moralischen Schranken halten in unserer Gesellschaft leider viele davon ab, nach dem Verlust des geliebten Partners, und dann auch noch im fortgeschrittenen Alter, eine neue Beziehung zu erleben. So etwas tut man eben nicht! Sexualität empfinden wir in jüngeren Jahren als etwas Schönes und es gehört selbstverständlich zu unserem Leben. Warum sollte im fortgeschritten Alter diese schöne Seite des Lebens plötzlich etwas Schlechtes sein.

Wo rohe Kräfte walten

Langsam drehte ich die alte Frau auf die Seit, um ihre wundgelegene Stelle am Rücken versorgen zu können. Plötzlich hörte ich lautes Geschrei im Zimmer nebenan. Durch die dünnen Wände verstand ich jedes Wort.

„Wenn du das nochmal machst, haue ich dir eine in die Fresse!" Ich glaubte, mich verhört zu haben. Ich drehte die Patientin zurück, deckte sie zu und lief ins Nachbarzimmer. Da stand Herr Karl nackt am Waschbecken und war gerade dabei, sich das Gesicht zu waschen. Pfleger Michael rubbelte ihm gleichzeitig den Rücken trocken. Als ich eintrat, verstand ich noch die Worte: „… bist eine alte Sau."

„Was ist denn hier los?", fragte ich aufgebracht.

„Die alte Sau rotzt einfach in die Ecke", lautete Michaels erregter Kommentar. Es stimmte, dass Herr Karl überall in die Ecken spuckte, aber war das ein Grund, so mit ihm umzugehen?

„Tu mir bitte einen Gefallen: Wasch Herrn Karl in Ruhe fertig und komm dann bitte zu mir ins Dienstzimmer. Bis dahin bin ich nebenan auch fertig." Ohne ein weiteres Wort verließ ich das Zimmer und kümmerte mich wieder um die Patientin im Nebenzimmer. Es war kein Ton mehr im Zimmer nebenan zu hören. Irgendwann hörte ich, wie die Tür des Zimmers zuschlug. Als ich ins Dienstzimmer kam, saß Michael bereits am Tisch und rauchte sich nervös eine Zigarette.

„Mach bitte die Zigarette aus. Du weißt genau, dass hier nicht geraucht werden darf." Widerwillig gehorchte er.

„Bist du eigentlich bescheuert, in diesem Ton mit Herrn Karl zu reden? Er ist weder eine *alte Sau*", noch hast du das Recht, ihm Schläge anzudrohen."

„Der ist doch eh hohl im Kopf und versteht nicht, was man ihm sagt. Gut, ich war aufgebracht. Ich habe private Probleme und bin heute schlecht drauf." Nervös fuhr er sich über seinen Kopf und strich die zerzausten Haare glatt.

„Das ist alles keine Entschuldigung. Bitte pack deine Sachen und geh nach Hause. Ich werde mich künftig weigern, mit dir zu arbeiten. Alles andere kannst du mit der Pflegedienstleitung besprechen. Auf meiner Station wird mit den Patienten höflich umgegangen, sie haben schließlich im Leben viel geleistet. Für ihre Krankheit sind sie nicht verantwortlich!"

Ich war sauer! Michael ging wort- und grußlos. Meine Beschwerde bei der Pflegdienstleitung führte zu Michaels fristloser Entlassung, da er wegen gleicher Verstöße auf anderen Stationen bereits mehrfach abgemahnt worden war.

***

„Was ist denn mit Ihnen passiert?" Überrascht schaute ich Frau Müller an. Das linke Auge war blau und geschwollen, die Lippe dick und verkrustet.

„Ich bin heute Nacht aus dem Bett gefallen. Ist aber nicht so schlimm. Tut auch kaum weh." Gequält lächelte sie mich schief an.

Da ich einen Haustürschlüssel hatte, konnte ich morgens zur Grundpflege in die Wohnung, ohne dass mir jemand öffnen musste. Frau Müller wohnte im Haus ihrer geschiedenen Tochter und wurde zweimal täglich von unserem ambulanten Pflegedienst versorgt.

„Haben Sie sich sonst noch verletzt? Tut etwas Rücken weh oder an den Beinen?", fragte ich sie besorgt.

„Nein. Machen Sie nicht so einen Wirbel" Es ist doch nichts passiert. In einigen Tagen sieht man nichts mehr." Beim Waschen fiel mir auf, dass nirgendwo an Frau Müllers Körper Prellungen oder Schürfwunden zu sehen waren.

„Wie ist das denn passiert?", fragte ich neugierig.

„Ich wollte zur Toilette gehen und bin über den Läufer vor dem Bett gestolpert. Dabei bin ich mit dem Gesicht gegen den Schrank gefallen und dann rückwärts gegen den Nachttisch. Meine Tochter hat das Poltern gehört. Sie kam sofort aus ihrem Zimmer geeilt und hat mir geholfen." In diesem Moment wurde die Haustür geöffnet und die Tochter kam vom Einkauf zurück. Mit den fast gleichen Worten erzählte sie mir den nächtlichen Hergang.

„Komisch, dass am Rücken keine Prellungen zu sehen sind", äußerte ich auch ihr gegenüber meine Bedenken.

„Wenn ihre Mutter mit dem Rücken gegen den Nachttisch gefallen ist, müsste der Rücken eigentlich auch blau sein." Sie ließ mich nicht ausreden.

„Machen sie ihre Arbeit und kümmern sie sich nicht um Dinge, die sie nichts angehen", keifte sie mich an. Frau Müller wurde sichtlich nervös und unruhig. Angst war in ihren Augen zu lesen.

„Ich habe doch nichts gesagt! Er hat mich nur gefragt, was geschehen ist. Da habe ich ihm das gesagt, was du mir..." Jetzt verstand ich gar nichts mehr. Frau Müller fing leise an zu weinen. Die Tochter herrschte sie an.

„Jetzt fang bloß nicht wieder an zu heulen. Ist doch alles halb so schlimm! Ich muss noch zur Post. Ich hoffe, dass sie bei meiner Rückkehr weg sind." Ein unangenehmes Frauenzimmer. Als sie zur Haustür rausging, sah ich Frau Müller lange an. Sie wurde unsicher.

„Was ist wirklich geschehen?" Ich setzte mich zu ihr auf die Bettkante und streichelte ihr über den Kopf. Da fing sie herzerweichend an zu weinen.

„Sie kann doch nichts dafür. Seit der Scheidung ist sie wie eine Furie. Als ich gestern beim Abendbrot meinen Tee umschüttete, ist ihr die Hand ausgerutscht. Sie hat mir dann ganz fürchterlich mehrfach eine gehauen. Als die Lippe aufplatzte, hat sie aufgehört. Ich habe solche Angst vor ihr. Wenn sie erfährt, dass ich ihnen alles erzählt habe, schlägt sie mich bestimmt tot. Aber vielleicht ist das für alle das Beste. Ich bin doch nur eine Last." Nach diesen Worten wurde sie etwas ruhiger, als hätte ihr das Erzählen eine Last von der Seele genommen. „Anschließend hat sie mir genau gesagt, was ich ihnen heute erzählen soll." Aha, daher auch die fast gleiche Schilderung des Vorgangs. Was sollte, was konnte ich tun?

„Soll ich in die Wege leiten, dass sie einen Heimplatz bekommen?", fragte ich vorsichtig.

„Meine Tochter ist auf meine gute Rente angewiesen. Wenn die Rente nicht wäre, hätte sie mich nach meinem kleinen Schlaganfall erst gar nicht zu sich genommen. Das sagt sie mir oft genug. Aber ist das noch ein Leben? Ich bin für sie nur ein Blitzableiter. Alle Launen lässt sie an mir aus."

„Ich werde ihrer Tochter nichts sagen. Sie sagen bitte auch nichts und verhalten sich möglichst wie immer. Vielleicht kann ich ihnen morgen schon Näheres berichten." Ich beendete meine Arbeit und ging. Aufgrund meiner Schilderung beim Amt und der späteren Aussage von Frau Müller wurde der Tochter das Sorgerecht entzogen. Der Umzug ins Altersheim dauerte nur wenige Stunden. Die Frau vom Amt blieb so lange mit in der Wohnung, bis das Nötigste gepackt und der Krankenwagen vorgefahren war. Frau Müller bekam ein schönes Einzelzimmer und lebte noch einige Jahre glücklich und zufrieden. Die Tochter bekam Hausverbot, nachdem sie ihre Mutter schon beim ersten Besuch erneut geohrfeigt hatte.

Tod, wo ist dein Stachel – Hölle, wo ist dein Sieg?

Die Sterbebegleitung empfand ich immer als eine der schwersten, aber auch der schönsten Seiten meines Berufes. Leider wird der Gedanke an das Sterben meist verdrängt. *„Ich bin jung, ich habe noch viele Jahre Zeit"* ist der größte Irrtum, dem sich die Jugend heute hingibt. Ich bin immer wieder erschüttert, wenn ich in der Tageszeitung Todesanzeigen von jungen Menschen lese. Sie alle hatten vermutlich geglaubt, noch viele Jahre vor sich zu haben. Doch in unserer hektischen, kriminellen und gewaltgeladenen Zeit ist uns nichts so nahe, wie der allgegenwärtige Tod. Ich habe im Laufe meiner Berufsjahre viele Leute sterben gesehen. Eine über neunzigjähre alte Frau sagte mir kurz vor ihrem Tod: „Gerd, ich habe mein Leben gelebt. Es war sehr schwer, aber auch wunderschön. Ich war mir immer bewusst, dass mit der Geburt das Sterben beginnt. Nun werde ich das vollenden, was, und wie ich gelebt habe. Ich gehe Heim. Ich werde dort erwartet, wo jeder irgendwann enden wird. Ob es ein Leben nach dem Tod gibt, weiß ich nicht. Doch ich glaube daran, dass noch etwas kommt, denn sonst wäre das Leben so sinnlos gewesen. Ich bin schon gespannt, ja, ich freue mich sogar darauf, dieses Elend verlassen zu können und dort etwas Neuem, hoffentlich Schönerem zu begegnen." Diese Frau prägte mein zukünftiges Leben sehr stark. Sie machte mir so richtig bewusst, dass ich jeden Moment leben, jedes Glück auskosten und genießen, aber auch jeden Tiefschlag verarbeiten und annehmen sollte.

„Können Sie einen Patienten übernehmen? Krebs im Endstadium." Ein Arzt aus unserem Dorf war am Telefon.

„Ich muss aber gleich erwähnen, dass es eine Pflege von wenigen Tagen sein wird, denn der Patient hat nur noch wenige Tage zu leben. Andere Pflegedienste haben direkt abgelehnt." Ich sagte sofort zu, obwohl mir klar war, dass der Arbeitsaufwand wieder in keiner Relation zu den Leistungen stehen würde, die ich nach der Gebührenordnung abrechnen konnte. Seit ich den eigenen Pflegedienst eröffnet hatte, kamen solche Situationen immer häufiger auf mich zu. Aber für mich standen Hilfsbereitschaft und Menschlichkeit immer an erster Stelle. Die Bezahlung würde sich dann schon regeln lassen. So habe ich im Verlauf der vier Jahre Selbständigkeit auch viel Lehrgeld bezahlt. Aber es tut mir nicht leid. Geld allein kann nicht glücklich machen!

Es ging hier um einen knapp sechzigjährigen Patienten, der Lungenkrebs im Endstadium hatte. Er hatte früher in einer Firma gearbeitet, die sorglos Asbest verwendete und nicht wusste, dass dieser Stoff irgendwann Krebs verursachen konnte.

„Ich weiß, dass mein Ende gekommen ist. Wenn meine Familie nicht wäre, hätte ich mich längst erschossen, denn vor diesen Schmerzen, die ich jetzt habe, hatte ich immer die größte Angst." Der Mann war Jäger und hätte genügend Waffen im Schrank gehabt, um seinen Vorsatz auszuführen. Seine Sorge galt ganz der Familie. Viermal täglich musste ich ihm Morphium spritzen. Der Hausarzt war, Gott sei Dank, der Meinung, dass er bekommen sollte, was notwendig war. Sieben Tage dauerte der Kampf, bis der Tod endlich die Erlösung brachte. Die Familie half rund um die Uhr mit, eine optimale Versorgung zu ermöglichen. Er schlief friedlich ein, mit sich im Reinen. Er wusste seine Familie gut versorgt.

Eine ältere Frau hatte ihren Sohn seit über zwanzig Jahren nicht gesehen. Sie hatte sich mit ihm überworfen, weil sie nicht akzeptieren konnte, dass er mit einem Mann in eheähnlicher Gemeinschaft lebte. Als sie im Sterben lag, rief sie andauernd nach ihm. Ich machte ihn ausfindig und rief ihn an.

„Ihre Mutter liegt im Sterben und ruft andauernd nach ihnen." In wenigen Stunden war er da. Sie hörte die Stimme ihres Sohnes, lächelte – und starb.

In eine andere Familie wurde ich gerufen, weil das Gutachten fällig war, welches alle sechs Monate von einem anerkannten Pflegedienst zu erstellen war. Als ich dort ankam, sah ich, dass der Mann im Sterben lag. Mit Hilfe der Tochter führte ich eine vorsichtige Grundpflege mit allen Prophylaxen durch. Nach einem längeren Gespräch mit der Familie ging ich mit dem Versprechen, am Nachmittag vor der Spätdiensttour nochmals vorbei zu kommen. Der Allgemeinzustand war unverändert. Mittlerweile war auch der Hausarzt dagewesen und hatte eine Verordnung für häusliche Krankenpflege ausgestellt. Am nächsten Morgen lag der Mann im Koma. Ich bat die Familie, dass immer jemand am Bett sitzen und ihm die Hand halten solle. Am frühen Nachmittag kam ich wieder vorbei. Es war zu erkennen, dass es zu Ende ging. Die Schnappatmung ließ erkennen, dass es nur noch kurze Zeit dauern würde, und er wäre von seinem Leid erlöst. Welchen Kampf hatte der Gehirntumor von ihm gefordert! Und er hatte tapfer gekämpft, bis vor wenigen Wochen. Da gab er auf. Ich schlug der Tochter vor, alle Familienangehörigen an sein Bett zu holen, sofern es von diesen erwünscht war, in der letzten Stunde des Großvaters anwesend zu sein. Die Ehefrau hielt seine

Hand, die Tochter streichelte ihm den Kopf, was er immer sehr genossen hatte, und Schwiegersohn und Enkel standen am Fußende des Bettes.

„Aber er schläft doch so ruhig. Er kann uns doch nicht einfach so verlassen." Die Ehefrau konnte es nicht fassen. Nach einer halben Stunde tat der Mann seinen letzten Atemzug. Das Gesicht wurde weiß und maskenhaft. Er hatte es geschafft. Die Tochter sah mich an, ich nickte nur. Da weinte sie herzzerreißend. Sie nahm ihre Mutter in den Arm. Ich verständigte den Hausarzt und musste die Familie dann in ihrem Leid alleine lassen. Von pflegerischer Seite war nichts mehr zu erledigen. Zwei Tage später besuchte ich die Familie erneut.

„Er hat so tapfer gekämpft. Er wollte den Krebs besiegen und machte noch Urlaubspläne. Obwohl wir lange Zeit hatten, uns mit dem Tod auseinander zu setzen, ist es doch sehr schwer, sich dann damit abzufinden." Der Schmerz stand der Tochter bei diesen Worten ins Gesicht geschrieben. Ich versuchte, sie damit zu trösten, dass nach einer gewissen Zeit auch wieder schöne Erinnerungen kommen würden. Jetzt überwog der Schmerz über den Verlust, was natürlich war.

Durch Gespräche mit Hinterbliebenen habe ich oft gehört, dass es tatsächlich so ist, dass man nach einer Phase des Leides beginnt, sich an die schönen Erlebnisse zu erinnern: Ein groß gefeierter Geburtstag, ein schöner Urlaub, die Freude bei der Geburt eines Enkelkindes, eine tolle gemeinsame Ballonfahrt und viele andere Dinge, die das gemeinsame Leben schön gemacht hatten. Und bei der Rückbesinnung an solche Erlebnisse löst dann eine Dankbarkeit, dies zusammen erlebt zu haben, den Schmerz allmählich ab.

Wer versucht, mit sich und der Schöpfung im Einklang sein Leben zu gestalten, wird es leichter haben, in der Stunde des Todes loszulassen. Er wird nicht von dem Gedanken zurückgehalten, noch vieles erledigen und klären zu müssen. Dazu gehört auch, mit den Menschen, die man liebt und mit denen man einen großen Teil seines Lebens verbringt, in Harmonie zu sein. Wie oft habe ich Todeskämpfe erlebt, in denen die Patienten nicht gelöst sterben konnten, weil sie mit den Kindern oder jemandem aus der Verwandtschaft in Streit und Unfrieden waren. Wo es möglich war, diesen Menschen ans Sterbebett zu holen, war eine große Veränderung zu spüren. Dem Sterbenden genügte ein Händedruck oder ein kurzes Wort des Verzeihens und der Gesichtsausdruck wurde meist friedlich. Ich bin immer froh, wenn ich ältere Leute pflegen darf, die mir im Gespräch sagen: „Ich bin jederzeit bereit zu sterben. Ich habe mein Leben gelebt und genossen." Auch jüngere Leute sollten so leben, dass sie immer bereit sind, ihr Leben dem Sterben zu überlassen. Denken wir an die Worte der über neunzigjährigen Frau: „Machen wir uns bewusst, dass das Sterben bereits mit der Geburt beginnt. Jeder Schritt, den wir tun, jede Minute die vergeht, ist Zeit, die uns dem Ende näherbringt. Kein Geld dieser Welt kann daran etwas ändern".

Stille Nacht, Heilige Nacht...

"Haben sie am Donnerstagabend schon etwas vor?", fragend sah mich Frau Heldt an.

"Donnerstag ist Heilig Abend und ich habe Dienst. Wieso, haben sie einen speziellen Wunsch?" Ich lächelte Frau Heldt an und wische ihrem Mann mit dem Waschlappen über die verschwitzte Stirn.

"Pssst, nicht von Weihnachten reden." Frau Heldt ging bei diesen Worten einen Schritt zurück und blieb im Türrahmen stehen.

"Kommen sie doch bitte kurz in die Küche, dann können wir reden." Sie drehte sich um, ging in die Küche und setzte sich dort auf einen Stuhl. Ich folgte ihr.

"Sie dürfen meinem Mann nicht sagen, dass Weihnachten ist, sonst regt er sich nur auf und bekommt wieder einen epileptischen Anfall. Ich will alles von ihm fernhalten, was ihn aufregen könnte, so schwer es mir auch oft fällt."

"Was haben sie am Donnerstag geplant? Wenn ich ihnen helfen kann, bin ich gerne dazu bereit."

"Sehen sie, für meinen Mann war Weihnachten immer ein ganz besonderes Fest. Da wir keine Kinder haben, lebten wir an diesen Tagen immer in ruhiger Zweisamkeit. Meine Verwandten haben genug mit sich und ihren Familien zu tun. Sie sind doch an diesem Abend auch alleine. Da habe ich mir gedacht, wir könnten gemeinsam schön essen und eine gemütliche Stunde erleben. Es ist für mich sehr schwer, an diesem Abend alleine zu sein. Seit mein Mann den letzten Schlaganfall hatte und jetzt auch nicht mehr reden kann, ist Weihnachten für mich zur Qual geworden."

"Aber sie wissen, dass ich noch andere Patienten zu versorgen habe. Die Idee an sich finde ich gut. Was haben sie sich denn für den Abend vorgestellt?" Schon der Gedanke, an diesem Abend nicht alleine zu sein ließ sie strahlen.

"Um 18 Uhr kommen sie ohnedies zur Pflege meines Mannes. Dafür brauchen sie eine knappe Stunde. Wenn es ihnen recht ist, richte ich uns in der Zwischenzeit eine kleine Mahlzeit und wir könnten noch ein oder zwei Stunden gemeinsam hier verbringen. Für mich wäre dies das schönste Weihnachtsgeschenk."

"Die Idee finde ich gut. Aber um 21.30 Uhr habe ich noch eine Patientin zu versorgen. Länger kann ich beim besten Willen nicht bleiben."

"Seit sie sich in der ambulanten Pflege selbständig gemacht haben, sind sie ein gefragter Mann. Ich bin froh, dass ich sie für die Pflege meines Mannes bekommen konnte. Beim vorhergehenden Pflegedienst war der Personalwechsel einfach zu groß. Mein Mann ist viel ruhiger und ausgeglichener, seit nur noch sie kommen. Für Donnerstag werde ich dann alles vorbereiten." Frau Heldt war über meine Zusage, diesen Abend mit ihr zu verbringen, richtig glücklich. Auch mir gefiel dieser Vorschlag.

"Aber machen sie bitte keine großen Umstände. Eine Kleinigkeit zum Essen reicht völlig aus. Schließlich kenne ich ihren Hang zur Übertreibung."

"Ich werde sehen, was sich machen lässt", lächelte sie mich an.

Pünktlich um 18.00 Uhr war ich am Heiligen Abend zur Pflege bei der Familie Heldt. Da ich wusste, dass der 24. Dezember auch ihr Hochzeitstag war, hatte ich einen Rosenstrauß mitgebracht, die Lieblingsblumen von Frau Heldt. Als sie den Strauß sah, traten ihr Tränen in die Augen.

"Das war aber nicht nötig ..." Strahlend nahm sie den Strauß entgegen und bestaunte ihn. Sie hatte sich extra schick angezogen und einen Teil ihres Schmuckes angelegt, den sie im Verlauf der glücklichen Jahre von ihrem Mann geschenkt bekommen hatte. Ein dezenter Lippenstift und etwas Rouge rundeten das Bild ab und zeigte sie als das, was sie auch war: Ganz Grande Dame. In der Küche war der Tisch festlich gedeckt.

"Sie kümmern sich jetzt zunächst um meinen Mann und ich bereite in der Zwischenzeit hier alles für unsere kleine Mahlzeit vor." Mit diesen Worten schob sie mich ins angrenzende Wohnzimmer, in welchem das Pflegebett ihres Mannes untergebracht war, da das Schlafzimmer im Obergeschoß lag und es einfach zu mühsam war, mit ihren fast 80 Jahren mehrmals täglich die Treppe nach oben zu bewältigen. Hinter mir schloss sie die Tür.

Im Wohnzimmer hatte Frau Heldt dezente Hinweise angebracht, die auf Weihnachten hindeuteten: Der Lieblingsengel ihres Mannes stand auf dem Fernseher, ein großer Weihnachtsstern stand auf der Fensterbank und zwei Blumensträuße zierten den Tisch.

Während ich die Pflege durchführte und ihrem Mann das Abendessen verabreichte, hörte ich Frau Heldt in der Küche hantieren. Als ich fertig war ging ich durch die Schiebetür zurück in die Wohnküche. Nur die kleine Lampe über dem Spülbecken brannte, Kerzenschein erhellte den Tisch, auf welchem die ganzen Delikatessen ausgebreitet waren: Räucheraal, Forellenfilet, Kartoffel-, Herings- und Krabbensalat, Toastbrot und Brötchen. Auch eine Flasche Wein, Auslese 1974, nebst Kristallgläsern verschönerten die Tafel. Ein festliches Gefühl kam in mir auf. Weihnachten, mal auf eine ganz andere Art.

"Gesegnete Weihnachten." Frau Heldt kam auf mich zu und streckte mir die Hand entgegen. Ihre Augen leuchteten.

"Auch ihnen ein angenehmes Weihnachtsfest, trotz aller Umstände." Ich nahm sie in den Arm und drückte sie fest.

Tränen liefen ihr über das Gesicht.

"Wenn mein Mann das doch nur miterleben könnte..."

"Leider können wir an den vorhandenen Tatsachen nichts ändern. Sie haben sich viel zu viel Mühe gemacht. Danke, dass ich diesen besonderen Abend mit ihnen verbringen darf."

"Sie setzen sich jetzt hier auf diesen Stuhl. Es sind nur Kleinigkeiten, die ich ihnen bieten kann. Die Salate hat mir meine Verwandtschaft gebracht. Sie trinken doch ein Glas Wein mit mir?" Sie drückte mir den Korkenzieher in die Hand.

"Aber nur ein Glas, da ich noch Auto fahren muss."

Es wurde ein herrlicher Abend. Frau Heldt erzählte viel aus ihrem Leben, vom ersten Mann, der im Krieg gefallen war, von den schönen Zeiten mit ihrem jetzigen Gatten und wie es war, als sie vor 44 Jahren am Heiligen Abend heirateten. Die Zeit verflog im Nu. Das Essen schmeckte köstlich und ich wurde von Frau Heldt elegant überredet, immer noch mehr von den Speisen zu essen.

"Ich kann wirklich nicht mehr, ich platze sonst. Leider muss ich jetzt auch bald gehen, da ich noch eine Patientin zu versorgen habe."

"Aber 5 Minütchen haben sie doch noch. Es war schön, sie an diesem Abend bei mir zu haben. Daran haben wir nie gedacht, dass wir im Alter mal alleine sein würden. Wir hatten immer die Vorstellung, gemeinsam alt zu werden und dann auch gemeinsam zu sterben. Wer hätte gedacht, dass einer von uns mal ein schwerer Pflegefall werden würde? Aber ich bin froh, dass ich in der Lage bin, dies alles für meinen Mann zu leisten. Er hat es verdient, das Beste vom Besten zu bekommen."

"Für mich war dieser Abend mit ihnen ein ganz besonderes Weihnachtsgeschenk. Ich finde es toll, dass sie mir so viel aus ihrem Leben erzählten, von den lukullischen Genüssen ganz zu schweigen. Ganz herzlichen Dank, aber leider muss ich jetzt wirklich los."

Sie hatte Verständnis, bedankte sich nochmals für die herrlichen Rosen und wünschte mir noch einen annehmbaren Abend. Mit einer herzlichen Umarmung verabschiedeten wir uns.

Auf der Fahrt zum nächsten Patienten ließ ich mir den Abend nochmals durch den Kopf gehen. Weihnachten, ein Fest der Freude! Doch wie viele Menschen saßen alleine in ihren Wohnungen, trauerten glücklichen Zeiten nach oder hatten nicht die Möglichkeit, sich finanziell etwas Besonderes zu leisten. Die Stunden mit Frau Heldt waren für mich ein Weihnachtsfest der ganz besonderen Art. Durch ihre Einladung war ich aus der eigenen Einsamkeit erlöst und durfte ein Stück an ihrem Leben teilhaben. Nie werde ich diesen Abend vergessen, den wir, solange ihr Mann lebte, auch in den Jahren darauf immer zu *"unserem Weihnachtsfest"* machten.

Ich bin keine Melkkuh

"Hallo Gerd, kannst du heute Abend einen Teil des Spätdienstes übernehmen? Claudia hat eben angerufen, sie hat Migräne." Wieder nichts mit dem ersehnten, freien Abend.

"Du bist dir aber im Klaren, dass ich diesem Monat schon 240 Stunden gearbeitet habe und es ist heute erst der 25." Begeistert war ich nicht, da ich heute Abend ins Kino wollte. So ging es jetzt seit Monaten. Immer wenn es eng wurde, musste ich einspringen. Gut, der Verdienst war nicht schlecht, aber Geld ist ja nicht alles im Leben.

"Die Überstunden hast du immer bezahlt bekommen. Als mein Stellvertreter muss ich mich eben in jeder Lage auf dich verlassen können. Ich weiß, dass ich ohne dich meinen Pflegedienst zu machen könnte. Was ist jetzt mit dem heutigen Spätdienst?" Meine Chefin hörte sich leicht gereizt und genervt an.

"Klar, versorge ich die vier Patienten, aber wir sollten uns langsam überlegen, ob wir nicht noch eine weitere Pflegeperson einstellen."

"Du hast gut reden, das Geld muss erst mal verdient sein, bevor ich noch eine Stelle besetzen kann. Lass uns morgen nach der Dienstbesprechung nochmals darüber reden." Sie legte einfach auf.

Wäre ich in der Klinik geblieben, hätte ich meinen geregelten Dienst und die freien Tage gehabt. Doch die Arbeit in der häuslichen Pflege machte viel Spaß und es gab viel mehr "Erfolgserlebnisse", als im Klinikalltag. Es war eine schöne und dankbare Aufgabe, den alten, kranken oder behinderten Menschen im gewohnten Umfeld zu helfen oder sie zu pflegen. Oft konnten wir so einen Heimaufenthalt vermeiden oder zumindest zeitlich verzögern.

Was mir derzeit nicht gefiel, war die enorme Arbeitsbelastung, die mir meine Chefin zumutete. Für sie war es selbstverständlich, dass ich immer für "*unseren*" Pflegedienst da war.

"Ich habe heute eine Zeitungsanzeige geschaltet, in der wir eine Schwester oder einen Pfleger suchen; und das zum bald möglichsten Zeitpunkt. Nach unserem Telefonat gestern rechnete ich nochmals alles genau durch. Dabei stellte ich fest, dass wir eine vierte Kraft noch bezahlen könnten." Meine Chefin stellte diese Entscheidung so dar, als würde sie mir persönlich damit einen Gefallen tun.

"Klar, rechnet sich diese Stelle. Als ich vor fast einem Jahr bei dir anfing, hattest du 12 Patienten und mit mir waren wir zu viert in der Pflege. Heute haben wir 20 Patienten und sind jetzt zu fünft. Schon meine Überstunden, die dann hoffentlich weniger werden, rechtfertigen beinahe eine zusätzliche Stelle."

"Warten wir ab, was sich auf die Anzeige tut. Nächste Woche wissen wir mehr. Du bist und bleibst mein bestes Pferd im Stall." Die Chefin lachte mich an und schenkte uns die Kaffeetassen nochmals voll.

"Ich überlege, ob wir nicht Dienstautos leasen sollten. Dann fallen auch die enormen Kosten des Fahrgeldes weg." Fragend sah sie mich an.

"Ob sich das im Endeffekt rechnet, musst du wissen. Es ist dein Geschäft." Ich war skeptisch und konnte mir kaum vorstellen, dass sie sich mit Leasingautos am Ende besserstellen würde.

"Ich denke dabei hauptsächlich an die Werbung, die dann an den Autos angebracht ist. Das bringt neue Kunden und präsentiert unseren Pflegedienst in einem besseren Licht, da jeder dann das gleiche Auto fährt." Sie war von ihrer Idee begeistert.

"Wenn dazu genug Geld da ist, könnten wir auch nochmals über eine Gehaltserhöhung sprechen. Vor drei Monaten hattest du mir bereits eine Erhöhung um zwei Mark pro Stunde zugesagt, aber nicht durchgeführt." Ihre gute Laune verflog schlagartig.

"Du verdienst doch ein enormes Geld. Wie kannst du da unzufrieden sein? Jeder andere meiner Angestellten wäre froh, wenn er dein Gehalt hätte."

"Wenn jeder die Stunden kloppen würde, die ich jeden Monat arbeite, hätte er auch mein Gehalt. Es geht hierbei um das Grundgehalt und nicht um die geleisteten Arbeitsstunden. Du betonst immer wieder, dass ich dein Stellvertreter und das beste Pferd im Stall bin. Mein Grundgehalt entspricht aber genau dem gleichen, wie dem der anderen deiner Angestellten. Es geht mir in erster Linie um deine Anerkennung, und die Aufwertung meiner Person. Zwei Mark mehr in der Stunde würden mir voll genügen."

Stille trat ein und sie überlegte lange.

"Gut", sagte sie schließlich. "Wenn du dich dann besser fühlst, sollst du die Erhöhung bekommen. Ich rufe nachher gleich den Steuerberater an und veranlasse, dass dein Gehalt geändert wird."

Nach der Besprechung des Dienstplanes und der Klärung einiger pflegerischer Dinge trennten wir uns in bestem Einvernehmen. Ich hatte endlich mal wieder ein freies Wochenende und die Chefin wusste, dass ich zu meinen Eltern in den Schwarzwald fuhr und somit dienstlich nicht zur Verfügung stand. Nach meiner lang umkämpften Gehaltserhöhung, und in Erwartung der drei freien Tage, fühlte ich mich froh und beschwingt.

Drei Monate vergingen. Eine neue Schwester wurde eingestellt, doch mein Arbeitsaufwand blieb der Gleiche. Dafür zog sich die Chefin mehr und mehr aus dem aktiven Dienst zurück. An meinem Gehalt hatte sich bisher auch noch nichts geändert.

Abends war ich zum Essen bei meiner Chefin und der Familie eingeladen. Als die Kinder im Bett waren, packte ich das heiße Eisen erneut an.

"An meinem Arbeitsaufwand hat sich nichts geändert, obwohl Kerstin jetzt seit zwei Monaten bei uns ist."

Zunächst bekam sie einen roten Kopf, holte dann aber tief Luft und blieb ruhig. Bei jedem anderen wäre sie jetzt wie eine Rakete in die Luft gegangen.

"Der Bürokram wird immer mehr. Ich weiß oft nicht, wo ich die Zeit hernehmen soll, die ganzen Rechnungen zu schreiben, die notwendigen Abklärungen mit den Krankenkassen zu machen und dann noch die Dienst- und Urlaubspläne. Da ist es mir einfach nicht möglich, auch noch den ganzen Tag in der Pflege zu arbeiten. Wozu bezahle ich die ganzen Mitarbeiter?" Langsam erhob sie ihre Stimme und wurde immer lauter.

"Moment, die Rechnungen schreibt dein Mann, die Buchführung macht der Steuerberater. Die meisten Dinge, die mit den Kassen zu klären sind, drückst du ohnedies mir aufs Auge und die Dienstpläne machen wir jede Woche gemeinsam. Dazu brauchen wir höchstens zwei Stunden." Ich merkte, wie es in mir kochte. Entweder ich fasste heute mal alles in Worte, was sich in der letzten Zeit in mir angestaut hatte, oder ich würde irgendwann platzen.

"Und im Übrigen ist die versprochene Gehaltserhöhung immer noch nicht auf meiner Abrechnung zu ersehen. Ich finde es sehr unfair, mir eine Erhöhung zuzusagen und dann nicht einzuhalten." Jetzt war mir alles egal, es musste gesagt werden, auch wenn ihr Mann dabei war. Dieser sah sie bei meinen Worten verärgert an.

"Ich habe aber dem Steuerberater noch am gleichen Tag Bescheid gegeben. Vielleicht hat das nicht umgehend geklappt. Bestimmt wird die Erhöhung im nächsten Monat wirksam sein." Jetzt wurde sie etwas unsicher. Ihr Mann stand wortlos auf, holte das schnurlose Telefon und drückte es ihr in die Hand.

"Kläre das bitte gleich, bevor du es vergisst." Ohne Widerrede drückte sie die Nummer ein.

"Hallo Georg, vor einiger Zeit teilte ich dir mit, dass du das Grundgehalt von Gerd um zwei Mark pro Stunde erhöhen sollst. Er hat bis jetzt aber noch nichts auf seiner Abrechnung." Leider konnte ich nicht verstehen, was ihr Steuerberater sagte, aber sie bekam einen hochroten Kopf.

"Gut, ich komme morgen bei dir vorbei, dann können wir das alles noch ausführlich besprechen." Sie drückte auf den Knopf und beendete das Gespräch.

"Seine Bürohilfe hat es leider verpatzt. Aber das ist ja nicht so schlimm." Sie versuchte das Thema zu wechseln.

"Moment, ich finde das nicht in Ordnung, etwas zuzusagen, und dann nicht einzuhalten." Ihr Mann war ungehalten.

84

"Das geht dich überhaupt nichts an, der Pflegedienst ist mein Geschäft. Da lasse ich mir von keinem reinreden, auch nicht von dir." Jetzt platzte sie förmlich.

"Bin ich denn eine Kuh, die jeder melken kann, wie er will? Monat für Monat verdient der ein Schweinegeld."

"Dafür arbeitet er auch mehr, als jeder andere. Ich muss Gerd völlig Recht geben." Das Ganze schien nun in einen regelrechten Ehekrach auszuarten. Ich stand auf und ging, ohne mich weiter auf die Diskussion einzulassen.

"Gute Nacht und vielen Dank für das Essen."

Zu Hause angekommen, klingelte noch öfters das Telefon, doch ich ging nicht dran. Patienten konnten es nicht sein, da diese im Notfall immer die Büronummer anwählten.

Dann eben auf eigene Faust

Das Verhältnis zur Chefin wurde immer angespannter. In den Dienstbesprechungen war sie generell gegen alles, was ich vorschlug. Einige der 40 Patienten kannte sie nur vom Namen her, da sie mir die gesamten Aufnahmegespräche und die damit verbundenen Aufgaben aufs Auge gedrückt hatte. Sie war mit den Büroarbeiten völlig überlastet. Trotz aller Versprechungen blieb die Lohnerhöhung aus.

Schließlich ließ ich mir von der Krankenkasse die Unterlagen kommen, die mir aufschlüsselten, welche Voraussetzungen erfüllt werden mussten, um sich mit einem privaten Pflegedienst selbständig zu machen. Als ich die Zulassungsbedingungen gelesen hatte, schwirrte mir der Kopf. Fast 40 Punkte mussten (damals) erfüllt sein, bevor ich beginnen konnte. So packte ich Punkt für Punkt an. Meiner Chefin sagte ich natürlich nichts von meinen Plänen und machte nach wie vor regelmäßig meinen Dienst. Dabei versuchte ich, wenn möglich, Überstunden zu vermeiden, da ich mit meinen Vorbereitungen genug zu tun hatte. Zur selben Zeit machte sich eine weitere Mitarbeiterin des Pflegedienstes selbständig. Ab diesem Moment ließ die Chefin keinen "guten Faden" mehr an ihr. Fast zwei Jahre hatte sich die Kollegin für diesen Laden aufgearbeitet, war immer Einsatzbereit. Jetzt war sie in den Augen der Chefin eine *unfähige, faule Mitarbeiterin, die ohnedies nicht lange überleben* würde. Diese Kollegin hat heute, nach über sechs Jahren, immer noch ihren Pflegedienst. Diese Erfahrung machte mir bewusst, wie wichtig es war, meine Pläne nicht zu früh an die große Glocke zu hängen.

Schließlich hatte ich alle Papiere und Bescheinigungen zusammen. Es war an der Zeit, der Chefin meine Kündigung auf den Tisch zu legen.

"Damit habe ich schon seit längerer Zeit gerechnet. Schade, dass es soweit kommen musste. Reisende soll man nicht aufhalten. Hast du schon eine Stelle?" Für sie war es nichts Besonderes, dass ich ging. Dass ich ihren Pflegedienst mehr oder weniger aufgebaut hatte, spielte für sie keine Rolle mehr.

"Ja, ich habe eine Stelle. Am 1.7. fange ich dort an. Vielleicht habe ich dann mal wieder einen geregelten Tag und vor allem eine geregelte Freizeit." Die Lüge ging mir glatt über die Lippen. Noch sollte sie nicht erfahren, dass ich einen eigenen Pflegedienst eröffnete. Die letzten Wochen wären sonst für mich zur Hölle geworden. Die Idee, dass ich mich selbständig machen könnte kam ihr nicht, da ich ja "nur" Altenpfleger war. Die Voraussetzungen der Kassen lauteten im Text, dass die Krankenpflegeausbildung notwendig sei, um einen Pflegedienst zu betreiben. So wurde ich der erste Altenpfleger in NRW, der seinen eigenen Pflegedienst eröffnete.

Die letzten Wochen vor meinem Urlaub vergingen im Flug. In den letzten zwei Tagen informierte ich die Patienten persönlich, dass ich mein Beschäftigungsverhältnis beendet hatte. Alle bedauerten dies sehr. Nur wenigen erzählte ich, dass ich einen eigenen Pflegedienst eröffnen würde, da ich keine Eigenwerbung machen wollte. Trotzdem erkundigten sich verschiedene Patienten, was sie tun müssten, um weiterhin von mir gepflegt und betreut zu werden.

"Ich kann und ich will sie nicht abwerben. Wenn sie trotzdem weiterhin von mir gepflegt werden wollen, müssen sie die Kündigungsfrist einhalten. An einem Wechsel kann sie keiner hintern."

"Wir kennen die Frau doch überhaupt nicht. Für uns waren sie doch immer der Ansprechpartner..."

So kam es, dass ich am 1.7. meinen eigenen Pflegedienst eröffnete und gleich vier Patienten hatte, die den Pflegedienst wechselten.

Die Chefin tobte, als ihr die Kündigungen der Patienten auf den Tisch flatterten. Da ich aber keinen abgeworben hatte, konnte sie auch nichts gegen mich unternehmen.

Jetzt hatte ich die Freiheit, alle Entscheidungen selbst zu treffen, die Patienten nach eigenen Richtlinien zu pflegen. Ein neues Leben fing für mich an. Es wurde keinesfalls leichter, aber ich war mein eigener Chef. Den 12- bis 16-Stundentag nahm ich gerne in Kauf. Schließlich hatte ich meine "*eigenen*" 40 Patienten und sieben Mitarbeiter. Werbung brauchte ich keine zu machen, da die Mundpropaganda für mich arbeitete. Doch damit kamen auch die Schwierigkeiten: Rund um die Uhr verfügbar sein, keine Zeit für private Unternehmungen, in den ersten vier Jahren keinen Urlaub und maximal ein bis zwei Tage frei im Monat.

Das geht zu weit...

"Nein, das war einfach zu viel. Jeden Tag drei Pflegeeinsätze und jedes Mal eine andere Person. Auch wenn die meinten, mein Mann wäre nur noch ein Trottel, der nichts mehr mitbekommt, so ist es für mich doch der Mensch, den ich liebe und dem ich versprochen habe, mich um ihn bis zu seinem Ende zu kümmern." Frau Holz hatte sich sofort zur Kündigung entschieden, als sie hörte, dass ich meinen eigenen Pflegedienst eröffnen wollte. Ihr Mann hatte Chorea Huntington, eine seltene Erbkrankheit, die einen langsamen körperlichen Verfall und zunehmend psychische Veränderungen hervorrief. Mit der Zeit bildete sich dann ein hirnorganisches Psychosyndrom und es folgte eine Demenz schweren Grades. Reden konnte er nur noch sehr undeutlich und auch nur einzelne Worte. Der Veitstanz machte es ihm unmöglich zu stehen, geschweige denn zu gehen. So hievte ich ihn täglich aus dem Bett, setzte ihn auf den fahrbaren Toilettenstuhl und fuhr ihn ins Wohnzimmer, wo er dann für kurze Zeit in seinem Lieblingssessel sitzen konnte.

"Die Weibsleute haben es auch nie richtig geschafft, ihn zu heben und gerade in den Sessel zu setzen." Frau Holz hatte eine Stimme, die durch Mark und Bein gehen konnte. Auch wenn sie leise und normal sprach, hörte es sich immer hysterisch und krächzend an.

"Aber jetzt wird alles besser, nicht war, mein Horstilein?" Liebevoll strich sie ihrem Mann über den Kopf. Dieser blickte sie nur groß an und rutschte in seinem Sessel nach vorne.

"Horst, du musst oben bleiben. Wenn du auf dem Boden liegst, bekommen wir dich nicht wieder hoch. Was machst du nur immer für einen Blödsinn?" Die keifende Stimme erfüllte den ganzen

Raum. Mühsam zog ich ihn wieder im Sessel hoch und setzte ihn gerade hin. Seine unkontrollierbaren Bewegungen machten es unmöglich zu erkennen, was als nächstes geschehen würde. Zack, hatte ich auch schon seine Faust im Nacken.

"Du fieser Hund", lallte er in undeutlichen Worten.

"Bist du denn bescheuert?", schrie Frau Holz ihren Mann an. Dieser fuchtelte weiterhin mit seinen Armen um sich. Der nächste Schlag traf das Gesicht seiner Frau.

"Der Mann will dir nur helfen. Jetzt schlägst du wieder wie ein Bescheuerter um dich, obwohl wir dir alle nur gut wollen. Aber das war schon immer so. Zur Strafe kommst du jetzt sofort wieder ins Bett!" Die ganze Plackerei für fünf Minuten im Sessel. Aber so war es oft. Manchmal saß Herr Holz auch eine gute halbe Stunde ganz ruhig und sah fern. Wenn aber dann etwas kam, was ihm nicht gefiel, fing er an zu toben.

Als wir ihn mühsam wieder im Bett hatten, schlug Herr Holz dort weiter mit Händen und Füßen um sich. Gut, dass die zwei Bettgitter dick gepolstert waren.

"So benimmt er sich seit Jahren. Was meinen sie, was manchmal abging, als er noch gehen konnte. Die Ärzte stellten über Jahre hinweg die falsche Diagnose. Wenn ihn in seiner Firma jemand falsch ansprach, schlug er sofort zu. Ich arbeitete als Verkäuferin. Oft stand er an meinem Feierabend vor der Tür des Geschäftes, weil er immer in der Angst lebte, ich könnte mit einem anderen Mann reden. Dabei habe ich ihm nie einen Grund zur Eifersucht gegeben. Er ist schließlich neun Jahre jünger als ich. So musste ich immer mit dieser Eifersucht leben. Ich weiß noch gut, da war seine Krankheit schon ausgebrochen und er war arbeitslos, wie er einen Nachbar mal die Treppe runtergeworfen hat, nur weil dieser mich grüßte. Mein Mann meinte, der wollte was von mir. Wenn ich damals nicht sofort dazwischen gegangen wäre, hätte er ihn umgebracht. Sie müssen wissen, dass mein Mann früher das dreifache von dem auf die Waage brachte, was er heute noch wiegt." Sie sprudelte über. Es tat ihr richtig gut, mir mal alles erzählen zu können.

"Machen Sie sich keine Sorgen, ich werde bestimmt mit ihm fertig."

"Er wurde auch öfters in die Psychiatrie eingewiesen. Dort war er aber immer nur wenige Tage, dann ist er abgehauen. Einmal hat er denen im Aufenthaltsraum den Fernseher an die Wand geschmissen, weil ein Bericht über Russland kam. Da mein Mann einige Jahre in russischer Gefangenschaft war und dort auch gefoltert wurde, durfte man nie etwas von Russen erzählen. Dann rastete er schon in gesunden Tagen aus. Meist verdrückte er sich aus der Klinik still und heimlich und stand dann vor dem Geschäft, bis ich Feierabend hatte. Wenn ich ihn vorher bemerkte, habe ich natürlich sofort Feierabend gemacht und bin mit ihm nach Hause gefahren. Er war dann immer die 17 Kilometer von der Klinik bis zum Geschäft gelaufen. Egal, wie krank er war, *den* Weg fand er immer." Sie wurde richtig wehmütig und nachdenklich. Bestimmt dachte sie an bessere Tage zurück.

"Leider muss ich jetzt weiter zum nächsten Patienten. Aber ich würde mich sehr freuen, wenn sie mir in den nächsten Tagen mehr erzählen würden. Das macht es mir leichter, mich auf ihren Mann einzustellen und mit ihm umzugehen."

Das tat sie dann auch. Mit der Zeit erfuhr ich alles über die Vergangenheit in der DDR, über die Familie und den Verlauf der Krankheit. Da sie beide nur wenig Rente bezogen, musste Frau Holz sehr sparsam sein. Die Pflege wurde von der Krankenkasse und dem Sozialamt bezahlt. Im Verlauf der Pflege entwickelte sich ein richtig familiäres Verhältnis. Jede Woche fuhr ich Frau Holz einmal zum Einkaufen in einen großen Supermarkt, wo sie alles etwas billiger kaufen konnte. Ihr Auto stand zwar noch in der Garage, wurde aber nur noch von ihrem Enkel benutzt, da Frau Holz nur noch mit Stock gehen konnte. Mit dem Auto zu fahren war für sie unmöglich.

Schließlich wurde es notwendig, auch mein Personal zur Pflege einzusetzen, da es mir unmöglich war, fünf Mal am Tag die Einsätze alleine zu machen. Und damit begann der Ärger. In den Augen von Frau Holz machte mein Personal alles verkehrt. Der Eine war nicht in der Lage, ihrem Mann etwas zum Trinken zu geben, die Nächste war zu schwach, ihren Gatten richtig zu betten. Ich durchschaute die Sachlage recht schnell. Frau Holz legte es darauf an, nur mich im Haus zu haben. Wenn ich ihr dann meine Sachlage ausführlich erklärte, ging es meist wieder einige Wochen gut.

Schließlich musste Frau Holz selbst in die Klinik. Wegen eines Tumors musste ihr der Magen teilweise entfernt werden. Ihr Mann wurde gleichzeitig ins Krankenhaus eingewiesen. Einen Tag nach der Operation besuchte ich sie auf der Intensivstation. Auf meine Ansprache öffnete sie ihre Augen und blinzelte mich müde an.

"Du Arschloch lebst ja auch noch", waren ihre einzigen Worte, bevor sie wieder einschlief. Da wusste ich, dass sie es *"packen"* würde. Oft haben wir über diese Begebenheit gelacht, als wir uns später darüber unterhielten.

Am Tag ihrer Entlassung kam auch ihr Mann wieder nach Hause: Abgemagert, durch Medikamente ruhiggestellt und die Ernährung erfolgte über eine Magensonde, die durch die Nase gelegt war. Frau Holz war über den Zustand ihres Mannes entsetzt.

"Horstilein, was haben die nur mit dir gemacht?" Immer und immer wieder redete sie auf ihren Mann ein und streichelte ihm den Kopf, aber es kam kaum eine Reaktion. Als die sedierenden Medikamente dann vom Hausarzt reduziert und schließlich ganz abgesetzt wurden, lief Herr Holz fast wieder zu seiner alten Hochform auf.

Wenige Wochen später ging Frau Holz zu einer Krebs-Nachsorgekur. Nach langer Überlegung entschlossen wir uns, die Pflege ihres Mannes zu Hause zu bewältigen. Das Sozialamt gab auch sofort seine Zustimmung, da ein Heimplatz für diese vier Wochen wesentlich teurer geworden wäre. So fuhr Frau Holz beruhigt in die Kur. Die Wochen verliefen auch sehr gut, obwohl der Arbeitsaufwand enorm war. Morgens um 6.00 Uhr machten wir den ersten, abends um 22.00 Uhr den letzten Einsatz. Wäsche musste gewaschen werden, Essen gekocht, das Heizmaterial aus dem Keller in den 3.Stock geschleppt und die Wohnung warmgehalten werden, da es Herbst und schon recht kühl war. Auf dem Schrank im Schlafzimmer hatten wir einen Fernseher installiert. Mit Vorliebe sah er Kindersendungen. Da konnte es passieren, dass Herr Holz mal herzhaft lachte. Auch wenn er dann alleine in der Wohnung war, hatte er Stimmen und bewegte Bilder um sich. Ob er etwas erkennen konnte, war sehr fraglich, da er in gesunden Tagen eine sehr starke Brille getragen hatte. Aber sein Blick war immer auf die Mattscheibe gerichtet. War der Apparat mal aus, zeigte er nur auf das Gerät und sagte: "An, an, an." Schaltete man dann ein, war er ruhig und zufrieden. So vergingen die Wochen, ohne dass Probleme aufgetreten waren. Die kamen erst mit der Rückkehr von Frau Holz. Sie selbst war jetzt mehr oder weniger ein Pflegefall. Zweimal täglich musste ihr Insulin gespritzt werden, beim Waschen und Anziehen brauchte sie Hilfe. Das alles durfte nur ich machen. Meine Mitarbeiter wurden von ihr beschimpft und beleidigt. Trotz vieler Gespräche, die immer damit endeten, dass sie es einsah, nicht immer nur mich um sich haben zu können, änderte sich nichts an ihrem Verhalten. Schweren Herzens musste ich nach weiteren zwei Monaten die Pflege kündigen, da keiner meiner Mitarbeiter mehr zu ihr in die Wohnung gehen wollte und es für mich unmöglich war, die sechs Einsätze am Tag, und das an sieben Tagen in der Woche, selbst zu bewältigen. Das ging einfach zu weit.

Die Tage nach der Kündigung waren für mich ein Fegefeuer: *„Du faule Sau; du falscher Hund"*; alles nannte sie mich. Nichts war ihr mehr recht. So war ich froh, als sie mir am dritten Tag abends mitteilte, dass sie ab dem nächsten Tag einen anderen Pflegedienst in Anspruch nehmen würde und ich nicht mehr zu kommen bräuchte. Als ich mich bei ihr verabschiedete und mich für die gute Zusammenarbeit in den letzten drei Jahren bedankte, drehte sie sich im Bett um und fing sie an zu weinen. Ich war damit entlassen. Sie konnte ja nicht wissen, dass der andere Pflegedienst sich am Tag zuvor schon mit mir in Verbindung gesetzt hatte und ich ihnen alles über die Situation berichtete. Ein schneller Wechsel war für alle Beteiligten das Beste. Leider brach Frau Holz drei Monate später in ihrer Wohnung zusammen. Mit letzter Kraft schleppte sie sich von der Küche noch bis ans Bett ihres Mannes, was die Blutspur auf dem Boden anzeigte (sie hatte sich an der Kante des Kühlschranks den

Kopf aufgeschlagen). Als der Pflegedienst kam, rief der Pfleger sofort den Notarzt. Auf der Fahrt ins Krankenhaus verstarb Frau Holz. Sie hatte einen Herzinfarkt erlitten. Ihr Mann musste dann doch in ein Pflegeheim umziehen.

Der Leiter des anderen Pflegedienstes erzählte mir dann zu einem späteren Zeitpunkt, dass auch sie bereits die Kündigung der Pflege vorbereitet hatten.

Papa ist für uns die ganze Welt

"Guten Morgen Herr Feldwebel. Wünsche wohl geruht zu haben!" Wie jeden Morgen betrat ich das Zimmer von Herr Maier und grüßte mit militärischem Schmiss. Als verdienter Soldat legte er großen Wert darauf.

Mit Schwung fegte er die Decke zur Seite, warf die Beine über den Bettrand und setzte sich kerzengerade auf die Bettkante.

"Jawohl Herr Gefreiter, habe gut geschlafen und bin zur Stelle." Dann lockerte sich seine Gestalt und er grinste mich verstohlen an.

"Jetzt sagen sie mir aber erst einmal, wer sie überhaupt sind." Jeden Morgen das gleiche Ritual. Obwohl ich seit drei Wochen fast täglich zur Grundpflege kam, konnte sich Herr Maier nie an mich erinnern.

"Ich bin der Oberkommandierende des Pflegedienstes, mein Name ist Gerd." Ich setzte mich neben ihn.

"Und was wollen sie bei mir, wenn diese Frage erlaubt ist?"

"Sie ist erlaubt und auch genehm. Ich bin gekommen, um ihnen beim Waschen und Anziehen zu helfen. Wenn sie einverstanden sind, würde ich ihnen heute gerne Badewasser einlassen."

"Sehr gerne, gebadet habe ich schon seit Monaten nicht mehr. Vielleicht könnten sie mir auch gleich die Haare schneiden und die Nägel müssten auch mal wieder gekürzt werden."

"Machen wir alles." Obwohl Herr Maier jede Woche gebadet wurde, vergaß er es immer wieder, sowie er fast alles schnell vergaß.

Sein Kurzzeitgedächtnis funktionierte nur noch wenige Minuten. Was in früheren Jahren, im Krieg, seinen glücklichen Ehejahren und im ganzen Dorf geschehen war, darüber konnte er sehr lebhaft erzählen, aber seinen Sohn, der zwei Häuser weiter Lebte, seine Schwiegertochter und Enkelkinder erkannte er nicht wieder. Da er insgesamt sehr angenehm und immer gut gelaunt war, kümmerte sich die Familie rührend um ihn. Die Schwiegertochter kochte, putzte und erledigte die Wäsche. Tagsüber war meist eines der Enkelkinder im Haus. Nachts schlief Herr Maier tief und fest. So gab es keine Probleme.

"Der Opa gibt uns für unsere Bemühungen einen großen Teil seiner Rente. Er braucht ja kaum noch etwas für sich. Für die Abzahlung unseres Hauses kommt uns das natürlich sehr zugute", erzählte mir die Schwiegertochter bei einer Tasse Kaffee.

Wenige Wochen später erlitt Herr Maier leider einen Schlaganfall. Er kam ins Krankenhaus und wurde nach sechs Wochen als schwerer Pflegefall nach Hause entlassen. Nun bekam er ein Zimmer im Haus seines Sohnes. Da Herr Maier halbseitig gelähmt war, lag er fast nur noch im Bett. Es war nur stundenweise möglich, ihn in den Rollstuhl zu setzen und bei schönem Wetter mit ihm auf den Balkon zu fahren. Seine angenehme, lustige Art war wie weggewischt. Meist lag er nur teilnahmslos im Bett. Der Urin lief durch den Dauerkatheter direkt in einen Beutel. Schlucken konnte er auch fast nicht mehr. Darum wurde ihm im Krankenhaus direkt eine Magensonde durch die Bauchdecke implantiert. Die gesamte Ernährung und Flüssigkeitszufuhr Erfolgte nun über diese Sonde. Der medizinische Dienst und die Pflegekasse bewilligten auch sofort die Pflegestufe 3.

"Sie brauchen aber trotzdem nur morgens zur Grundpflege zu kommen, den Rest erledigen wir gerne selbst. Sonst bleibt ja von dem Pflegegeld nichts übrig. Da meine Frau ihren Halbtagsjob als Verkäuferin für den Opa jetzt aufgegeben hat, muss ja auch für uns noch was bleiben." Für den Sohn war es eine rein rechnerische Angelegenheit. Dass sie nun die ganze Rente ihres Opas einstreichen und auch die Miete für Vaters Haus einstreichen konnten, war für ihn die natürlichste Sache der Welt. Schon während des Krankenhausaufenthaltes hatten sie Herr Maiers Haus geräumt und vermietet.

"Was meinen sie, wie lange es der Opa noch macht? Sie sind doch Fachmann auf dem Gebiet und haben einen ganz anderen Blick für so etwas."

"Sein Allgemeinzustand ist gut. Wenn nichts Akutes eintritt, kann er noch Jahre leben."

"Das wäre nicht schlecht, denn das Geld könnten wir gut gebrauchen. So eine Hausfinanzierung ist heutzutage nicht billig. Außerdem ist Papa für uns die ganze Welt"

Die *"liebe Familie"* verlor in meinen Augen ihre ganze Nettigkeit. Denen ging es letztendlich nur ums Geld.

So führten wir morgens die Grundpflege und alle Prophylaxen durch, machten Bewegungsübungen und gaben die Medizin über die Sonde. Wenn es vom Kreislauf her möglich war, setzten wir Herrn Maier in den Rollstuhl und der Sohn brachte ihn dann später mit Hilfe seiner Frau wieder ins Bett. Meist war die Unterlage dann knubbelig und faltig. Die ersten Druckstellen ließen dadurch auch nicht lange auf sich warten.

Eines Morgens wurde es mir dann doch zu viel. So, wie ich Herrn Maier am Morgen des vorherigen Tages gebettet hatte, lag er immer noch. Die Wunde am Steiß war handtellergroß, offen, blutig und drum herum blauschwarz.

"Es ist dringend erforderlich, dass ihr Schwiegervater abends nochmals von uns gebettet und die Wunde ein zweites Mal fachmännisch versorgt wird. Ansonsten wird sich die Wunde rasant ausbreiten. Wenn dann noch eine Infektion dazu kommt und die ganze Angelegenheit ins Blut wandert, würde dies ein schnelles, aber grausames Ende für ihren Schwiegervater bedeuten." Frau Maier sah mich mit großen Augen ungläubig an.

"Und was kostet das?", war ihre einzige Frage.

"Die Wundversorgung wird komplett von der Krankenkasse bezahlt, das Lagern und Betten müssten wir allerdings mit der Pflegekasse abrechnen. Ihr Anteil am Pflegegeld würde sich dann um ca. 250 Mark reduzieren." Schon wieder ging es nur ums Geld.

"Das muss ich erst mit meinem Mann besprechen. Ich sage ihnen dann morgen Bescheid." Mit diesen Worten ließ sie mich einfach stehen und ging ins obere Stockwerk.

Am späten Nachmittag läutete bei mir zu Hause das Telefon. Herr Maier Junior war dran.

"Meine Frau erzählte mir von der ganzen Misere. Selbstverständlich sind wir damit einverstanden, dass sie ab sofort ein zweites Mal kommen. Für meinen Vater soll alles getan werden, was notwendig ist. Können wir sonst noch etwas tun, um sein Immunsystem zu kräftigen? Vielleicht sollte er auch etwas bekommen, was seinen

Kreislauf anregt? Er soll doch seinen Lebensabend noch genießen können."

„Und noch lange leben", vollendete ich in Gedanken seinen Satz.

"Die medizinische Seite sollten sie mit dem Hausarzt besprechen. Ich habe den Eindruck, dass ihr Vater nicht mehr leben möchte. Wenn wir ehrlich sind, wäre es für ihn doch eine Erlösung, wenn er die Augen schließen könnte. 82 Jahre ist doch ein schönes Alter."

"Nein, so dürfen sie das nicht sehen. Mein Vater war immer ein lebensbejahender Mensch. Ich bin mir sicher, dass er auch heute noch gerne lebt." Unsere Meinungen und Ansichten gingen da völlig auseinander. Ich sah aber nicht die Notwendigkeit, mich mit dem Sohn über dieses Thema zu streiten, da er ohnedies schon darüber erbost war, dass ich ihm widersprach.

Durch die zweimalige Behandlung und richtige Lagerung heilte die Wunde in knapp vier Wochen ab.

"Herr Kommandoführer, können wir heute nicht mal etwas an die frische Luft?" Ich traute meinen Ohren nicht. Herr Maier hatte seit langer Zeit von sich aus mal wieder einen Wunsch geäußert. Sonst antwortete er auf alle Fragen nur kurz mit "*Ja*" oder "*Nein*".

"Klar, das Wetter könnte nicht besser sein und ich habe heute auch Zeit." Die Besprechung auf der Krankenkasse konnte ruhig bis morgen warten und Patienten hatte ich heute Vormittag auch keine mehr. Nach dem Waschen zog ich Herrn Maier einen Bademantel an, setzte ihn in den Rollstuhl und fuhr mit ihm auf den Balkon, der stufenlos vor seinem Zimmer lag.

"Oohhhh, die frische Luft tut richtig gut." So klar wie heute hatte ich Herrn Maier lange nicht erlebt. In den letzten zwei Jahren war er immer nur teilnahmslos und zeigte an nichts Interesse.

"Na, heute scheint es ihnen aber richtig gut zu gehen. Wenn das Wetter mitspielt, können wir das gerne öfters machen." Er sah mich mit traurigen Augen an.

"Junge, jetzt gib mir eine ehrliche Antwort. Wie stelle ich es an, endlich sterben zu können? Du weißt doch bestimmt eine Möglichkeit." War das noch der Herr Maier, den ich so lange gepflegt und betreut hatte? Ich war sprachlos.

"Ich weiß, dass es meinem Sohn nur um das Geld geht. Ich bin des Lebens völlig überdrüssig. Den ganzen Tag liege ich nur im Bett, keiner kümmert sich um mich. Da wird mal wieder eine neue Flasche mit Kost angehängt, aber ansonsten bin ich nur ein Stück Mobiliar. Hilf mir doch ... bitte." Sein flehender Blick schnitt mir ins Herz.

"Ich kann ihnen da nicht helfen. Was die Pflege anbelangt, tun wir alles, um ihnen das Leben erträglich zu machen. Aber das Ende eines Lebens liegt nicht in unserer Hand. Höhere Mächte haben da auch noch ein Wörtchen mitzureden."

"Ich weiß, du kannst mir auch nicht einfach den Hals umdrehen. Bringe mich bitte wieder ins Bett." Damit war für ihn das Thema erledigt und er verfiel wieder in die gewohnte Teilnahmslosigkeit.

Wenige Wochen später erbrach sich Herr Maier öfters. Nichts an den täglichen Gewohnheiten hatte sich geändert. Der Hausarzt verordnete Paspertin, was aber auch nicht half.

"Geben sie Früchtetee oder sonst etwas mit Säure, was sich vielleicht nicht mit der Sondenkost verträgt?" Frau Maier sah mich schuldbewusst an.

"Ich gebe ihm zweimal am Tag eine Multivitamin Tablette, die ich in einem halben Glas Wasser auflöse. Sein Immunsystem muss doch etwas angeregt werden." Sie streichelte ihrem Schwiegervater die Hand.

"Nicht wahr Papi, die tut dir gut." Papi sagte keinen Ton.

"Und genau diese Brausetabletten können bewirken, dass die Sondenkost im Magen klumpt und zum Erbrechen führt." Frau Maier war jetzt ganz außer sich.

"Das konnten wir nicht wissen. Wir wollten ihm etwas Gutes tun." Mit dem Weglassen der Brausetabletten endete auch das Erbrechen.

Nur wenige Tage später lag Herr Maier morgens tot im Bett.

"Um 4.00 Uhr habe ich nach der Sondenkost den Tee angehängt, da war er friedlich am Schlafen. Als meine Frau dann um 8.00 Uhr ins Zimmer kam, war er tot." Der Sohn war völlig außer sich. Im Zuleitungsschlauch der Sonde war noch Sondenkost, also konnte kein Tee durchgelaufen sein. Egal, Hauptsache Herr Maier hatte es geschafft.

"Hat er es endlich doch gepackt. Ich denke, es war für ihn eine Erlösung." Der Sohn sah mich ungläubig an, besann sich dann aber schnell eines Besseren.

"Ja, denn es war doch kein lebenswertes Dasein mehr, so schwer uns der Abschied jetzt auch fallen wird." Ich wusch Herr Maier zum letzten Mal, zog ihm seinen Lieblingsanzug an und glättete sein Gesicht, nachdem ich das Kinn hochgebunden hatte. Er sah richtig zufrieden und glücklich aus. Das Lächeln in seinem Gesicht zeigte, dass er friedlich in eine andere Welt gegangen war. Auch ohne die Rente und das Pflegegeld würde der Sohn mit seiner Frau gut über die Runden kommen.

Ärger, Ärger, nichts als Ärger...

"Wie klappt es mit dem Gehen? Schaffen sie es, bis zur Toilette zu kommen?" Ich besah mir die dicken Beine von Frau Schmitt.

"Ich komme ja kaum aus dem Bett, wie soll ich es bis dahin dann schaffen? Bis zum Tisch wird es wohl mit Mühe gehen, aber weiter auch nicht." Frau Schmitt war verzweifelt.

"Hätten die mich doch nur im Krankenhaus behalten. Mit meinen 90 Jahren ist es ohnedies Zeit, dass ich endlich sterbe. Ich spüre, dass der Tod um mich herumschleicht."

"Jetzt sehen sie nicht gleich alles so schwarz. Ich werde mal sehen, ob wir nicht heute noch einen WC Stuhl bekommen. Wie mir scheint, macht ihnen die weite Entfernung zur Toilette im Moment die größten Schwierigkeiten." Dankbar lächelte sie mich an.

"Mein Sohn wird bestimmt morgens und abends mal bei mir reinschauen. Ansonsten muss er arbeiten und hat wenig Zeit. Aber, wenn sie dreimal am Tag kommen, werden wir es bestimmt irgendwie schaffen." Ich stellte Frau Schmitt Getränke und ein belegtes Brot auf ihren Nachttisch und verabschiedete mich fürs Erste von ihr.

***

"Bundesknappschaft, was kann ich für sie tun?", eine freundliche Stimme begrüßte mich am Telefon.

"Ich hätte gerne den Sachbearbeiter für Pflegehilfsmittel für eine Patientin mit Namen Schmitt."

"Einen Moment, ich verbinde sie weiter." Klassische Musik berieselte mein Ohr, bis sich nach längerer Zeit endlich eine sonore Männerstimme meldete.

"Worum geht es?", war die schlichte Frage.

"Wir haben heute die Pflege ihrer Patientin Schmitt, Kassennummer xxx übernommen. Die alte Frau ist jedoch nicht in der Lage ihre Toilette, welche sich im Treppenhaus befindet, zu nutzen. Wir brauchen also ganz dringend einen WC Stuhl. Wie komme ich am schnellsten an solch ein Teil?"

"Schicken sie uns die Verordnung des Hausarztes, wir werden diese dann prüfen und gegebenenfalls genehmigt an unseren Vertragslieferanten schicken. Dieser bringt den Stuhl dann direkt zu Frau Schmitt."

"Und wie lange wird das dauern?"

"Mit einer Woche müssen sie schon rechnen." Ich spürte, wie mir die Galle überlief.

"Gibt es denn keine schnellere Möglichkeit? In dieser Woche ist die alte Frau bestimmt öfters mal die Treppe runtergefallen, weil sie die vier Stufen bis zum WC nicht schafft. Es muss doch eine Lösung geben, noch heute so einen Stuhl zu bekommen."

"Unser Vertragslieferant ist ganz in ihrer Nähe, aber ohne Verordnung kann ich da nichts machen."

"Wie gut, dass unsere Bürokratie so hervorragend arbeitet. Vom grünen Tisch aus kann man leicht solche Entscheidungen treffen.

Für sie geht es hier ja nur um eine Sache, der Mensch, den es letztendlich betrifft, den sehen sie überhaupt nicht." Ich war am Explodieren.

"Jetzt regen sie sich doch nicht künstlich auf. Wir haben nun mal unsere Vorschriften."

"Ich faxe ihnen die Verordnung jetzt zu. Vielleicht können sie dann die ganze Sache beschleunigen und es findet sich ausnahmsweise eine schnelle Lösung. Die Patientin hänge ich solange in den Schrank. Wenn der Stuhl dann da ist, kann ich sie ja wieder von der Stange nehmen."

"Werden sie mir jetzt nicht unverschämt!", mein Gegenüber legte einfach auf.

Drei Stunden später, ich hatte die Verordnung per Fax losgeschickt, rief der Mann von der Knappschaft an.

"Sie können die Patientin aus dem Schrank nehmen, der Stuhl wird heute noch geliefert. Und beim nächsten Mal unterlassen sie bitte ihre unverschämten Beleidigungen."

Mir war unklar, womit ich ihn beleidigt haben könnte. Mir ging es in erster Linie um die Patientin und nicht um den bürokratischen Hickhack.

Das nächste Problem war der Hausarzt.

"Wir brauchen für Frau Schmitt eine Verordnung für die häusliche Pflege." Wider Erwarten bekam ich den Doktor selbst an den Apparat.

"Was machen sie denn bei Frau Schmitt? Die alte Dame ist doch recht rüstig."

"Sie wurde heute nach einer Galleoperation aus dem Krankenhaus entlassen. Morgens und abends muss das Insulin gespritzt,
Verbände gewechselt und die offene Stelle am Steiß versorgt werden. Dreimal täglich braucht sie Hilfe bei der Vorbereitung der
Mahlzeiten und die Tabletten müssen ihr verabreicht werden."

"Moment, das sind ja alles Sachen, die Frau Schmitt bisher selbst
erledigen konnte. Ich kann ihnen die Verordnung erst ausstellen,
wenn ich die Patientin gesehen habe. Wenn ich es schaffe, fahre ich
nach der Sprechstunde bei ihr vorbei."

Wie so oft, hatte dieser Arzt einfach nicht das notwendige Ver-
trauen in einen Pflegedienst. Während andere Ärzte am Ort sich voll
auf uns verließen, weil sie um unsere gute, zuverlässige Arbeit
wussten, machte dieser Doktor immer Schwierigkeiten und tat so,
als müsste er die Pflege aus eigener Tasche bezahlen.

Spät am Abend rief er dann an.

"Ich hätte da für sie eine Patientin, die dreimal am Tag Hilfe
braucht. Können sie die sofort übernehmen?"

"Um wen handelt es sich denn?" Ich war etwas konfus.

"Es ist eine 90jährige, alte Frau, die heute Morgen aus dem Krankenhaus entlassen wurde und jetzt dringend einen Pflegedienst
braucht."

"Aber ich habe doch wegen der Patientin heute Mittag mit ihnen
bereits telefoniert."

"Ach ja, ich glaube, mich daran zu erinnern. Ich lege ihnen dann
die Verordnung auf den Küchentisch. Wenn sie sonst noch etwas

brauchen, melden sie sich bitte in der Praxis." Durcheinander, wie immer.

Ich hatte diesen Arzt eine Zeit selbst als Hausarzt. Als er mir dann aber statt einer Spritze gegen meine Rückenschmerzen eine Grippe-schutzimpfung verpassen wollte, habe ich meinen Hausarzt ge-wechselt.

Eine Woche später lag Frau Schmitt morgens tot in der Küche. Ihr altes Herz hatte einfach aufgehört zu schlagen.

***

"Guten Morgen, Herr Doktor. Es geht um Herrn Siefert. Seit zwei Tagen trinkt er fast nichts mehr, der Urin ist stark konzentriert und der Patient trocknet langsam aber sicher aus. Vielleicht könnten sie eine Infusion legen?" Am Telefon diskutierte ich solche Sachen zwar nicht gerne mit einem Arzt, aber heute hatte ich keine Zeit, extra in die Praxis zu fahren.

"Der Mann ist zäh. Mit seiner Krebserkrankung wird er ohnedies nicht mehr lange leben. Geben sie ihm Morphium Tropfen, wenn er Schmerzen hat." Der Arzt war wie immer kurz angebunden.

"So wie es aussieht, wird Herr Siefert das Wochenende nicht überleben, aber das ist ja kein Grund, ihn verdursten zu lassen. Ich bin auch gerne bereit, für die Zeit der Infusion eine Pflegeperson ans Bett zu setzen."

"Na, so schnell stirbt *der* bestimmt nicht. Ihr seid ein Idealisten-haufen, wie man ihn selten trifft. Mal sehen, wenn ich es schaffe, schaue ich noch vorbei. Aber freitags ist bei mir immer die Hölle los."

Er schaffte es natürlich nicht. In der Nacht zum Sonntag verstarb Herr Seifert. Gut, dass ich die Tochter in Hamburg informiert hatte und sie ihren Vater in der letzten Stunde begleiten konnte.

***

"Entschuldigen sie bitte, dass ich so spät noch störe, aber mit Herr Gabel stimmt etwas nicht. Ich war eben, wie jeden Abend bei ihm drüben und habe die Lichter gelöscht und den Rollladen runtergelassen. Er liegt so verkrampft im Bett und redet wirr und verwaschen. Als ich ihm sagte, dass ich sie anrufe, wurde er böse und hat es mir verboten. Ich habe aber keine Ruhe. Vielleicht könnten sie doch noch bei ihm vorbeischauen, auch wenn schon fast Mitternacht ist." Es war die Nachbarin von Herr Gabel, die ihm den Haushalt führte und sich auch um vieles andere kümmerte.

"Ich weiß ja nicht, vielleicht ist es auch nur sein Zucker, der wieder aus dem Lot geraten ist."

"Ich komme. In zehn Minuten bin ich da. Machen sie sich nichts daraus, wenn er schimpft. Die Vorwürfe, die sie sich machen, wenn tatsächlich was ist und sie mich nicht gerufen hätten, sind schwerer zu bewältigen als die Nörgeleien von dem Querulanten." Ich zog mir was an und fuhr umgehend los. Bis zum Haus von Herr Gabel waren es nur knapp 15 Minuten.

"Das ist jetzt aber wirklich nicht nötig, dass sie hier mitten in der Nacht noch aufkreuzen. Mir geht es doch gut." Herr Gabel sah mich mit starrem Blick an. Angst flackerte in seinen Augen. Den rechten Arm hielt er verkrampft an den Körper gepresst.

"Haben sie Schmerzen?" Ich nahm den Arm und versuchte ihn zu strecken. Es ging nicht.

"Seit zwei Stunden habe ich so komische Kopfschmerzen. Ich wollte ins Bad und mir die Füße abbrausen, aber ich komme einfach nicht hoch. Morgen sieht alles wieder anders aus, da geht es mir bestimmt besser."

"Ich fürchte, von selbst wird hier nichts besser. Ich werde jetzt den Notarzt rufen. So wie es aussieht, haben sie einen Schlaganfall. Sie reden ja schon lange davon, dass sie bestimmt bald wieder einen bekommen."

"Das wäre dann schon der dritte Apoplex. Deswegen brauchen sie keinen Notarzt zu rufen. Ich will nicht ins Krankenhaus. In ein bis zwei Tagen ist das alles wieder weg." Er nörgelte, wie immer. Immer wusste er alles besser.

"Wenn es ein Schlaganfall ist, brauchen sie innerhalb der ersten Stunden Infusionen, um die Schäden so gering wie möglich zu halten. Darum bin ich dafür, keine Zeit zu verlieren. Trotzdem hätte ich gerne ihr Einverständnis, den Arzt rufen zu dürfen. Wenn sie es vorziehen, mit Lähmungen und sonstigen irreparablen Schäden weiter zu leben, ist das ihre Entscheidung. Meiner Meinung kommen sie aber nicht darum herum, ins Krankenhaus zu gehen." Verunsichert sah er mir in die Augen, blickte aber sofort wieder weg.

"Dann rufen sie halt an, sie wissen ja doch immer alles besser."

Ich griff zum Telefon, wählte die Notrufzentrale, gab die Anschrift und den Verdacht auf Schlaganfall durch. Da ich wusste, wie neugierig und sensationslüstern die ganze Umgebung war, bat ich darum, möglichst ohne Sirenengeheul zu kommen.

Es vergingen keine fünf Minuten, da kam der Krankenwagen mit Blaulicht und Sirene angerauscht. Im Nu hatte sich, trotz später Stunde eine Menschentraube vor dem Haus versammelt. Der Sanitäter diagnostizierte ebenfalls einen Apoplex.

"Wir nehmen ihn direkt mit in die Klinik. Da braucht der Notarzt nicht extra zu kommen. Haben sie Unterlagen über Personalien und Krankheitsverlauf ihres Vaters zur Hand?"

"Herr Gabel ist nicht mein Vater. Ich bin vom Pflegedienst und wir betreuen ihn in seinem Haus."

"Noch besser, dann geben sie uns doch einfach ihre ganzen Unterlagen mit. Morgen können sie die dann auf Station wieder abholen. So verlieren wir keine Zeit." Er legte eine Infusion und Herr Gabel wurde umgehend von den zwei Sanitätern ins Klino getragen. Ich gab ihnen das Formular, welches wir bei jedem Patienten für solche Notfälle angelegt hatten. Darin waren alle Daten und der bisherige Krankheitsverlauf des Patienten festgehalten. Als das Klino abfuhr, jetzt ohne Blaulicht und Sirene, kam die Nachbarin zu mir ins Wohnzimmer.

"Jetzt können sich die Leute wieder den Mund zerreißen. Gut, dass ich sie angerufen habe. Soll ich auch den Sohn informieren?"

"Lassen sie den diese Nacht in Ruhe schlafen. Akute Lebensgefahr besteht nicht. Ich denke es reicht, wenn ich ihn morgen früh informiere. Ein besonders herzliches Verhältnis zwischen den beiden besteht ohnedies nicht." Ich bedankte mich bei der Nachbarin und fuhr nach Hause.

Nach einer kurzen Nacht rief ich in der Frühe den Sohn von Herrn Gabel an. "Danke, dass sie sich direkt darum gekümmert, und vor allem, dass sie mir meine Nachtruhe gegönnt haben. Ich werde dann heute Nachmittag im Krankenhaus vorbeischauen und sehen, ob Vater was braucht."

Während der Vormittagstour hatte ich eine Stunde Leerlauf. So fuhr ich ins Krankenhaus, um mich über den Zustand von Herrn Gabel zu informieren.

"Ich glaube, der Stationsarzt will noch mit ihnen reden", beschied mir die Stationsschwester, als ich sie ansprach und mich vorstellte. Sie führte mich in dessen Zimmer.

"Sie sind also der Pfleger, der uns die Leute hier einfach einweist, ohne vorher den Hausarzt anzurufen." Er blaffte mich direkt an, ohne sich vorzustellen.

"Wozu den Hausarzt? Der hätte dann auch nur den Krankenwagen bestellt. Die Diagnose war ja wohl ganz offensichtlich. Wertvolle Zeit wäre verloren gegangen, bis der Patient dann endlich Infusionen bekommen hätte."

"Was bilden sie sich ein, wer sie sind? Normalerweise dürfen wir keinen Patienten aufnehmen, der nicht vom Arzt eingewiesen ist. Das ist eine Kostenfrage. Sollen wir ihnen vielleicht die Rechnung schicken?" Langsam merkte ich, wie es in mir anfing zu kochen.

"Wenn die Sanitäter sich entscheiden, den Patienten mitzunehmen, ist das wohl Begründung genug. Es geht ja wohl kaum darum, ob *meine* Diagnose stimmt. Ich sehe da keinen Grund, weshalb die Krankenkasse die Kosten nicht übernehmen sollte. Ich kann aber gerne dort anrufen und das abklären. Sie haben meiner Meinung nach nur Kompetenzschwierigkeiten. Ich finde es schade, dass solch ein Gerangel auf dem Rücken der Patienten ausgetragen wird." Ich drehte mich um und wollte das Zimmer verlassen.

"Einen Moment noch!" Seine Stimme war jetzt ruhiger, fast freundlich.

"Es geht nicht darum, ob ihre Diagnose stimmte. Klar, jeder Pflegeschüler hätte sofort einen Schlaganfall diagnostiziert. In diesem Fall haben sie richtig gehandelt, dass sie sofort das Klino gerufen haben, da tatsächlich jede Minute zählt. Warum nicht auch der Notarzt mit ausgerückt ist, werde ich noch klären. Es geht mir aber in der Hauptsache darum, dass sie in Zukunft bei ihren Patienten erst den Hausarzt anrufen und der dann die Entscheidung trifft, ob eine Einweisung notwendig ist. Nur dann ist die Kostenfrage auch zu 100% abgesichert."

Ich drehte mich um und ging grußlos aus dem Zimmer. Hielt der mich wirklich für zu blöd, solche Entscheidungen zu treffen?

Paris ist eine Reise wert

„Das darf nicht wahr sein. Vor zwei Stunden wollte ich Tante Klara vom Friseur abholen, aber sie war bereits weg. Dabei hatte ich der Friseuse extra aufgetragen, auf Tante Klara besonders zu achten, da sie sehr vergesslich und tüttelig ist." Frau Werst, die Nichte, war ganz aufgeregt und völlig aus dem Häuschen.

"Aber ihre Tante muss doch etwas gesagt haben, bevor sie das Geschäft verließ?" Heute Morgen war ich noch zur Grundpflege bei Tante Klara gewesen. Sie hatte nichts davon erzählt, dass sie etwas vorhatte. Auch den Friseurbesuch hatte sie nicht erwähnt, obwohl dieser für sie schon etwas Besonderes darstellte. Sonst erzählte sie mir immer alle Einzelheiten. Heute früh kam sie mir zwar etwas abwesend und nervös vor, aber im Ganzen verhielt sie sich völlig normal.

"Konnten sie feststellen, wohin ihre Tante nach dem Friseur gegangen ist?", fragte ich nun die Nichte am Telefon.

"Der Friseuse erzählte sie nur, dass sie noch in die Drogerie gehen wollte. Wenn ich käme, sollte man mir das ausrichten. Sogar die Bezahlung der Dauerwelle hatte sie vergessen. In der Drogerie war sie und hat auch verschiedenes eingekauft. Dann verliert sich aber jede Spur. Ich hatte die Hoffnung, dass sie ihnen vielleicht etwas erzählt hätte, was uns jetzt weiterhelfen könnte." Die Nichte war ganz verzweifelt.

"Ich wüsste nicht, wie ich ihnen jetzt helfen könnte. Rufen sie bitte die Polizei an und machen sie eine Vermisstenanzeige. Nicht auszudenken was geschieht, wenn ihre Tante bis heute Abend nicht auftaucht. Es wird nachts doch schon empfindlich kalt."

"Gut, dann erst mal vielen Dank. Wenn sich was Neues ergibt, rufe ich sie an." Ich legte den Telefonhörer auf und ließ die letzten Tage nochmals vor meinem inneren Auge Revue passieren. Doch alles Überlegen half nichts. Keine Bemerkung von Tante Klara ließ darauf schließen, ob sie etwas geplant hatte.

Am Abend rief ich die Nichte nochmals an. "Hat sich mittlerweile etwas Neues ergeben?"

"Gleich nach unserem Telefonat habe ich die Polizei eingeschaltet. Bisher ist nur bekannt, dass Tante Klara anschließend auf der Bank war und 5.000 Mark von ihrem Sparbuch abgehoben hat. Eine Bekannte, die gegenüber der Bank wohnt, ist sich sicher, Tante Klara erkannt zu haben, als diese in ein Taxi stieg. Alle Anfragen der Polizei bei den hiesigen Taxiunternehmern verliefen bisher im Sand. Ich habe auch schon die ganzen Verwandten angerufen, bis hin nach München, aber sie ist nirgendwo aufgetaucht."

"Dann können wir nur abwarten. Bitte melden sie sich, wenn sie was erfahren, auch wenn es Mitten in der Nacht sein sollte."

Wozu brauchte Tante Klara so viel Geld? Wo konnte sie hingefahren sein? Ich überlegte hin und her. Da Klingelte eine Alarmglocke in meinem Kopf: Vor langer Zeit hatte sie mir mal von einem ihrer größten Wünsche erzählt. Was war das nur? Irgendeine Reise. Sie wollte einmal im Leben nochmals ... Ja, wo wollte sie hin? War es Rom, London, Mailand? Nein, wie Schuppen fiel es mir von den Augen, es war Paris.

"Paris will ich nochmals sehen, bevor ich sterbe. Mit meinem Mann habe ich dort so glückliche Stunden verbracht, dass ich heute noch von diesen Erinnerungen zehre. Diesen Traum werde ich mir irgendwann erfüllen!" Genau, das war es. Sofort griff ich zum Hörer und rief die Nichte an. Schon nach dem ersten Klingeln hob sie ab.

"Ich vermute, dass ihre Tante nach Paris gefahren ist."

"Wie kommen sie darauf? Das war zwar immer ein Wunsch von ihr, aber ich hielt es eigentlich mehr für eine senile Spinnerei." Die Nichte war außer sich.

"Sie kann doch nicht einfach so abfahren, ohne jemandem etwas davon zu erzählen."

"Hätten sie ihre Tante fahren lassen, wenn sie ihnen die Reise vorher angekündigt hätte?"

"Natürlich nicht, dazu ist sie doch zu alt und zu verwirrt. In den letzten Wochen erzählte sie oft über die schönen Tage, die sie mit Onkel Erich in Frankreich erlebt hat. Ich bin mir aber noch nicht ganz sicher, ob sie wirklich nach Paris gereist ist. Ich werde der Polizei zwar diese Information weitergeben, habe aber kaum Hoffnung, dass es was nützen wird."

Früh am nächsten Morgen läutete das Telefon. Ich war gerade erst aufgestanden und im Begriff, mein Frühstück zu richten.

"Guten Morgen, tut mir leid, wenn ich sie so früh störe. Die Polizei hat einen Taxiunternehmer im Nachbarort ausfindig gemacht, der Tante Klara gestern gefahren hat. Dreimal dürfen sie raten, wohin."

"Paris?", fragte ich zweifelnd.

"Genau. Sie nannte dem Fahrer die Adresse eines Hotels in der Nähe des Louvre. Er hat sie hingefahren, 700 Mark Fahrgeld kassiert und kam vor drei Stunden zurück."

"Ist Tante Klara jetzt wieder zu Hause?"

"Wo denken sie hin, sie ist natürlich in Paris geblieben. Ich fliege heute rüber und hoffe, sie noch im gleichen Hotel anzutreffen."

"Aber welcher Taxifahrer kutschiert eine alte Frau einfach mal schnell nach Paris? Das sind doch fast 800 Kilometer." Ich war etwas verwundert.

"Das ist ja das Erstaunliche, sie hatte die Fahrt zwei Tage vorher bestellt."

"Ahaaa, darum die Nervosität und geistige Abwesenheit am Morgen. Sie wusste von ihrer Reise, traute sich aber nicht, davon zu erzählen." Jetzt wurde mir einiges klarer.

"Gut, wenn sie Tante Klara in Paris finden, gehen sie nicht so hart mit ihr ins Gericht. Es war ihr größter Traum, die Stätte ihrer Liebe nochmals zu erleben." Ich hoffte, die Nichte war vernünftig genug, diesen Wunsch ihrer Tante zu respektieren.

"Keine Sorge, ich habe mir eine Woche Urlaub genommen und werde, immer vorausgesetzt ich finde sie, mit ihr Paris anschauen."

"Ich muss sagen, ich habe große Achtung vor dem Unternehmensgeist ihrer Tante. Trotz ihrer körperlichen Gebrechen und der zeitweiligen Senilität realisiert sie sich noch einen Traum."

"Ich finde das ja auch toll, aber wenn sie uns gegenüber offener gewesen wäre, hätten wir die Reise doch gleich gemeinsam planen und in Angriff nehmen können. Allen wäre dann manche Aufregung erspart geblieben."

Im Stillen war ich froh, dass Tante Klara "*nur*" in Paris gelandet und nicht etwas Schlimmes passiert war.

Zwei Stunden später meldete sich die Nichte erneut. "Tantchen hat angerufen, wir sollen uns keine Sorgen machen, sie sei in Paris und es gehe ihr gut." Die Stimme der Nichte war voller Freude. Nach den Aufregungen der letzten 24 Stunden schien sie sich wieder gefangen zu haben.

"Ich habe ihr erzählt, dass ich nach Paris fliegen werde. Tante befürchtete, ich wolle sie wieder zurückholen und hat direkt massiven Protest eingelegt. Erst als ich ihr in Ruhe auseinandersetzte, dass ich eine Woche mit ihr Paris anschauen wolle, war sie einverstanden und freute sich."

"Na also, dann wendet sich ja noch alles zum Guten. Ich wünsche ihnen einen schönen Aufenthalt, grüßen sie bitte Tante Klara und sagen sie ihr, dass ich großen Respekt vor ihrem Tatendrang habe."

"Setzen sie ihr keinen Floh ins Ohr. Demnächst fliegt sie dann nach Amerika oder sonst wohin. Oft werde ich solche Aufregungen aber nicht aushalten." Lachend verabschiedete sich die Nichte.

"Na, wie war der Ausflug nach Paris?" Tante Klara strahlte. Sie machte auf mich einen richtig glücklichen Eindruck.

"Ach Gerd, ich kann ihnen nicht sagen, wie herrlich es war. Ein Traum ging für mich in Erfüllung. Aber ich war doch sehr froh, dass meine Nichte kam. Alleine hätte ich es wohl doch nicht geschafft. Es war für mich das Schönste, die Plätze noch einmal zu sehen, welche ich mit meinem geliebten Mann damals besucht habe. Ich bin im selben Hotel abgestiegen, wie damals. Die haben natürlich umgebaut und es war nichts mehr so wie früher. Aber alle waren sehr freundlich zu mir. Dann die ganzen Sehenswürdigkeiten: Die Mona Lisa, der Eifelturm, Notre Dame, Montmartre, und, und, und. Auf den Eifelturm habe ich mich aber nicht getraut, das war mir dann doch zu anstrengend. Wir hatten eine ganz phantastische Woche." Tante Klara war glücklich und rundum zufrieden.

"Würden sie es nochmals machen?", unterbrach ich ihre Gedankengänge.

"Ja, ich würde es wieder tun. Aber vorher würde ich doch mit meiner Nichte reden. Sie hat mir zugesichert, wenn ich nochmals so einen Ausflug machen möchte, lieber gleich mitzufahren. Paris war für mich jedenfalls eine Reise wert."

Satt und sauber

Gedanken zur Grundversorgung in der Pflege

In den letzten Jahren waren der Pflegeberuf und alle Zweige des Gesundheitswesens immer wieder Hauptthema in den Medien. In ganz Deutschland demonstrierte das Personal, riefen Gewerkschaften zu Protestkundgebungen auf. Jeder neue Gesundheitsminister versprach umfassende Reformen der Gesundheits- und Pflegekassen. Immer kam nur ein „Stückwerk" heraus und immer gingen Änderungen zu Lasten der Versicherten. Wird das ganze System kippen? Wird Gesundheit in naher Zukunft nur noch für den Wohlhabenden bezahlbar sein? Die Beiträge werden immer wieder erhöht, im Gegenzug Leistungen gekürzt. Viele Leistungen wurden gestrichen und müssen vom Versicherten selbst bezahlt werden. Die IGEL Liste macht uns das am deutlichsten. In fast allen Praxen bekommen sie *„Zusatzleistungen"* angeboten, die privat zu bezahlen sind.

In allen größeren Städten unseres Landes gehen regelmäßig Tausende von Schwestern und Pflegern auf die Straße und demonstrierten für eine bessere und menschenwürdigere Pflege. Minister und Vertreter der Krankenkassen wurden zu Grundsatzdiskussionen eingeladen. Teilweise waren Stellvertreter erschienen, die aber zu Fragen des Pflegepersonals keine befriedigenden Antworten geben konnten oder wollten.

Die Hauptforderungen des Pflegepersonals und der Gewerkschaften waren und sind bis heute: Mehr Personal, mehr Geld, bessere Fortbildungsmöglichkeiten und bessere Aufstiegschancen. Auf einem der Transparente stand in knallroter Schrift: „Stellt euch vor, ein Minister kommt ins Krankenhaus und wir haben keine Zeit!"

Natürlich haben gerade Minister Geld und Möglichkeiten, alles privat und zu ihrer vollsten Zufriedenheit zu regeln. Für sie wird immer Personal abgestellt werden und auch der Chefarzt persönlich wird jederzeit für sie da sein. Was aber, wenn *Sie* oder *ich* ins Krankenhaus eingeliefert werden? Wie werden *wir* uns fühlen, wenn wir zur Toilette müssen, Schmerzen haben, Durst oder Hunger verspüren, uns selbst nicht helfen können und alle im Dienst befindlichen Schwestern und Pfleger sich an anderer Stelle im Einsatz befinden und gerade keine Zeit haben?

In vielen Krankenhäusern und besonders in Pflegeheimen herrscht eine katastrophale und verantwortungslose Personalbesetzung. Auf dem Plan stehen oft ausreichend Pflegekräfte. Doch durch Krankheit, Urlaub, Mutterschutz und freie Tage wird die Zahl der Diensthabenden fast durchweg stark reduziert. Die verbleibenden Schwestern und Pfleger müssen dann die gleiche Arbeit verrichten, die sonst von der doppelten Anzahl Mitarbeiter verrichtet wird.

Für wenige Tage ließe sich das ja noch überbrücken, doch leider dauern solche Phasen oft mehrere Wochen an. Ich selbst habe schon vier Wochen durcharbeiten müssen, ohne auch nur *einen* freien Tag oder *ein* freies Wochenende dazwischen zu haben. Das geht gewaltig an die Substanz und führt zu eben jenem unendlichen Teufelskreis, von dem ich oben sprach. Kommt ein Mitarbeiter aus der Krankenzeit zurück, fällt der nächste aus, da die Anforderungen der letzten Zeit einfach zu groß waren. Ausgebrannt und verbraucht geht auch die Motivation zur Arbeit flöten. Jeder, der sich dauerhaft um Menschen kümmert, seelischen Einsatz leisten muss, weiß, wie schwer es ist, in einer solchen Situation auf die Bedürfnisse der anvertrauten Patienten einzugehen. Stattdessen geht der Blick zur Uhr: Wann ist Feierabend, wann beginnt das freie Wochenende oder der ersehnte Urlaub? Die Erholungsphasen zwischen den einzelnen Schichten sind zu kurz, um sich zu entspannen oder die Freizeit sinnvoll auszufüllen. Jeder Tag unter solchen Arbeitsbedingungen wird zur Qual. Ist es da verwunderlich, wenn eine Krankenschwester im Durchschnitt nach vier bis fünf Jahren aus dem Dienst ausscheidet oder die Arbeitsstelle auf Teilzeit reduziert und sich lieber um die Familie kümmert?

Die Leidtragenden sind, neben den Patienten, die Auszubildenden. Keiner hat genug Zeit, um ihnen etwas zu erklären oder zu zeigen. Sie werden als vollwertige Mitarbeiter *„missbraucht"*, müssen Arbeiten ausführen, die eigentlich nur von examiniertem Personal verrichtet werden dürfen.

Eigentlich werden ja die Schüler auf den verschiedenen Stationen eingesetzt, damit sie lernen, ihr theoretisch erworbenes Wissen aus allen Pflegebereichen in die Praxis umzusetzen. Die Realität aber ist, dass sie vom ersten Tag an voll eingesetzt werden, in der Hoffnung, dass sie die Lage meistern. Von praktischer Anleitung kann da keine Rede mehr sein. Und für die Erklärung und Beschreibung bestimmter Krankheitsbilder oder Patientengeschichten ist ohnehin kaum Zeit.

In einer Firma, in der an Maschinen gearbeitet wird, kann eine Arbeit auch mal auf den nächsten Tag verschoben werden. Im Pflegeberuf ist das undenkbar. Die Patienten müssen versorgt sein, ihre Mahlzeiten, ihre Medikamente, ihre Behandlungen müssen vorbereitet, verabreicht, ausgeführt werden. Die tägliche Verantwortung und Belastung ist enorm. Macht ein Arbeiter in der Fabrik einen Fehler, mag es Ausschuss geben, der verschrottet oder wiederverwertet werden kann. Machen wir Pflegekräfte einen Fehler, kann dies zu irreparablen Schäden führen, im schlimmsten Fall zum Tod eines Patienten. Bei allem was wir tun, stehen wir so immer mit einem Bein im Gefängnis.

Können Sie sich die Belastung einer examinierten Pflegekraft vorstellen, die mit zwei, drei Schülern oder Praktikanten im Dienst ist und für dreißig Patienten die Verantwortung trägt? Alle wichtigen Aufgaben, wie Spritzen setzen, Medikamente stellen und verabreichen, Katheter, Infusionen, Sonden wechseln und vieles mehr dürfen nur von ihr ausgeführt werden. Wenn dann auch noch schwere Pflegefälle zu versorgen sind, verbleibt für die intensive Arbeit mit den anderen Patienten nur wenig Zeit. Also müssen die Patienten diese Misere ausbaden.

Ist dem Personal ein Vorwurf zu machen, wenn in der Psychiatrie unruhige, verwirrte oder umtriebige Patienten im Stuhl festgesetzt oder im Bett mit Bauchgurten fixiert werden? Das wäre vermeidbar, wenn mehr Personal zur Verfügung stünde. Dann wäre mehr Zeit, sich in Gesprächen und Einzeltherapien um die Patienten zu kümmern, mit ihnen auch mal einen Spaziergang zu machen oder einen Kaffee zu trinken. Zur Genesung des Einzelnen würde das entscheidend beitragen. Außerdem: Viele Sedativa, Medikamente zur Ruhigstellung (die oft zu Recht kritisiert werden), könnten eingespart werden.

Einige Politiker sprechen davon, dass die Probleme vom Pflegenotstand nur aufgebauscht und herbeigeredet seien. In den Kliniken und Pflegeheimen sähe es längst nicht so schlimm aus. Die Grundversorgung sei in jedem Fall gesichert. Was aber ist Grundversorgung? Satt und sauber zu sein? Genügt es Ihnen, als Bewohner eines Heimes morgens um 6:00 Uhr aus dem Schlaf gerissen, gewaschen und angezogen zu werden und dann, im Tagesraum sitzend, auf das Frühstück zu warten? Ist das Ihre Erwartung an ein lebenswertes Dasein im Alter? Kommt noch ein außergewöhnliches Ereignis dazwischen, ein Heimbewohner stürzt, ein anderer hat Durchfall, ein Dritter erleidet einen Herzanfall, dann bricht auch diese, ohnehin schon straff organisierte Grundversorgung zusammen. Jede examinierte Pflegekraft lebt mit diesen Ängsten.

Wir sind bereit, uns bis an die Grenzen unserer Leistungsfähigkeit zu engagieren; aber diese Grenzen sind längst überschritten! Viele Episoden, die ich Ihnen in diesem Buch erzählt habe, sind Beispiele solcher Überlastung aus meiner eigenen Berufspraxis. Da gleicht unser Privatleben oft dem der Fernsehkommissare: Es existiert ganz einfach nicht. Wie oft müssen unsere Lebenspartner, unsere Kinder auf uns verzichten, weil der Dienst ruft. Wie oft werden gebuchte Urlaube storniert, Festtage im Familienkreis unterbrochen, weil wieder einmal zu wenig Pflegepersonal zur Verfügung steht.

Als besondere Belastung wird oft der Nachtdienst empfunden. Aus eigener Erfahrung weiß ich, wie schwer die Arbeit ist, wenn man allein mit dreißig Patienten auf Station ist. Das Essen, in einer ruhigen Minute gewärmt, wurde wieder kalt, weil keine Zeit blieb, sich zu setzen. Am nächsten Morgen wird es weggeworfen, weil ständig ein anderer Patient Hilfe benötigte.

Ich erinnere mich noch gut an eine Kollegin, die während ihres Nachtdienstes von einem Patienten sexuell bedrängt wurde. Der Notrufpieper funktionierte nicht richtig. Die Zentrale bekam zwar den Ruf, wusste aber nicht, von welcher Station er kam. Es dauerte fast zwanzig Minuten, bis endlich Hilfe eintraf. Bis dahin stand diese Schwester schlimmste Ängste durch. Trotzdem musste sie bis zum nächsten Morgen weiter alleine(!) ihren Dienst verrichten, da es wieder einmal kein Personal für eine notwendige Ablösung gab.

Fast jeder, der in der Pflege tätig ist, hat seinen Beruf mit hohen Idealvorstellungen ergriffen und war sich der Belastung nicht bewusst, die mit dieser Tätigkeit auf ihn oder sie zukommen würde. Zunächst standen Idealismus, christliche Nächstenliebe oder schlichtweg der Wunsch zu helfen im Vordergrund. Spätestens nach abgeschlossener Ausbildung folgte die Praxis in seiner ganzen verwirrenden Vielfalt – und damit auch der erste Frust. Die bittere Erkenntnis, wie schnell wir an den Rand unserer eigenen Fähigkeiten kommen, wenn die äußeren Bedingungen nicht stimmen, führt bei vielen zu Resignation und der Haltung: Lass doch die anderen machen!

Die geschilderten Umstände verderben oft den Spaß an der Arbeit, die an sich sehr schön und befriedigend ist. In Kliniken wird überdies die Grundpflege mehr und mehr durch medizinische Geräte verkompliziert und verdrängt. Der durch die notwendige Zusammenarbeit mit den anderen medizinischen Abteilungen, Labor, Physiotherapie und Verwaltung zusätzlich anfallende Schreib- und Organisationsaufwand, nimmt überhand. Allein hierfür müsste jede Station täglich einen Mitarbeiter abstellen.

Wir brauchen in der Pflege ein neues Bewusstsein. Wir sind mehr als Erfüllungsgehilfen des Arztes! Was wäre schließlich ein Arzt ohne unsere Informationen, unsere ständige Beobachtung der Patienten? Schwester oder Pfleger sind es doch, die den ganzen Tag mit dem Patienten verbringen und neben der gewissenhaften Durchführung der vom Arzt verordneten Therapien, eigenverantwortlich die notwendigen Pflegemaßnahmen ergreifen. Was sind dagegen schon die wenigen Minuten, die der Arzt für jeden „seiner" Patienten erübrigt? Nur durch unsere Zuarbeit ist es ihm überhaupt möglich, gezielt die richtigen Therapien zu verordnen und Medikamente rechtzeitig an- oder abzusetzen.

In der Altenpflege ist das Geschrei nach examinierten Kräften besonders groß. In geriatrischen Pflegeheimen wird viel mit angelernten Hilfskräften gearbeitet. Zum Glück hat der Gesetzgeber mittlerweile Richtlinien erlassen, nach denen eine Mindestanzahl examinierter Kräfte vorhanden sein müssen.

Krankenpfleger, die in der Altenpflege arbeiten, kündigen oft nach kurzer Zeit, da sie von der Arbeit enttäuscht sind. Sie sind auf die besonderen Erfordernisse der Geriatrie nicht vorbereitet. In der Ausbildung zur Altenpflege wird großen Wert auf Menschenführung gelegt, auf das Verstehen der Grundbedürfnisse des alten Menschen. Die Krankenpflege hingegen ist sehr auf „Action" getrimmt. Schnelligkeit, Sicherheit und Zuverlässigkeit bei der Diagnose und Therapie somatischer Krankheiten – Anwendung statt Zuwendung. Höchste Zeit, für die Altenpflege ein bundeseinheitliches Ausbildungskonzept zu erstellen. Die Krankenpflege ist da einen Schritt weiter. Warum also wundern wir uns, wenn in der Altenpflege Notstand herrscht?

Eine Arbeitsstelle ist für eine examinierte Kraft immer zu finden, zumal im ambulanten Bereich mittlerweile ein enormer Bedarf besteht. Bald wird es laut Statistik mehr alte Leute, als Erwerbstätige geben. Wer wird sie versorgen? Viele werden darauf angewiesen sein, in einem Heim zu leben oder ambulant in der häuslichen Umgebung versorgt zu werden, da die gesellschaftliche Entwicklung die Großfamilie verdrängt hat, in der diese Aufgaben, oft mehr schlecht als recht, übernommen wurden.

Ein weiterer Punkt, weshalb viele bald wieder aus dem Pflegeberuf ausscheiden, ist die Bezahlung. Ein angelernter Arbeiter am Fließband geht am Ende des Monats mit mehr Geld nach Hause, als eine Pflegefachkraft. Dabei hat er eine geregelte Arbeitszeit und jedes Wochenende frei. Wenn in der stationären Pflege genügend Personal vorhanden ist, ist jedes *zweite* Wochenende frei. Aber auch darauf kann sich in diesem Berufszweig keiner verlassen. Kurzfristige Änderungen sind aus den zuvor geschilderten Gründen leider an der Tagesordnung. Verdienst und Verantwortung / Leistung stehen also in keinem realen Verhältnis!

Die Pflegeversicherung, von den Politikern als Jahrhundertwerk gepriesen, entpuppt sich immer mehr als ein Schuss in den Ofen. Spätestens mit dem Beginn der 2. Stufe, in der auch Heimplätze bezuschusst wurden, zeigte sich, dass sie nicht finanzierbar ist. Schon jetzt tut sich ein Millionenloch auf. Im Prinzip war das Ganze nur eine Umstrukturierung: Weg, von den unter ihren Kosten ächzenden Krankenkassen, hinein in die Pflegekasse. So schiebt heute einer dem anderen die Kostenübernahme in die Schuhe. Leidtragender ist, wie immer: Der Beitragszahler, der Patient. Wo bleiben die Milliardenüberschüsse? Was geschieht mit den Geldern, die sich in enormer Höhe bei den Kassen anhäufen? Selbst die Verschleuderung der Millionen für Gehaltserhöhungen und Boni der Vorstände, und dem Bau von neuen Verwaltungsgebäuden sind im Vergleich zu den Einnahmen nur Peanuts.

Es ist immer wieder erstaunlich, wie eiskalt und selbstverständlich in die Taschen der Bundesbürger gegriffen wird. Dies umfasst nicht nur die Pflege, sondern alle Bereiche in denen die Politik ein

„Mitspracherecht" ausübt. Längst wird der Bürger nicht mehr durch die gewählten Politiker vertreten, sondern in einer demokratischen Diktatur verwaltet. Das letzte Wort haben dabei immer die Lobbyisten, die hinter den Politikern die Fäden ziehen. Immer neue Regelungen und Bevormundung gestalten unseren Tag. Die Schere zwischen Volk und Politik geht immer mehr auseinander. Was die Landesregierung nicht reguliert, erledigt die Bundesregierung. Was die *„vergisst"*, wird uns von der EU aufgedrückt. Und all diese Regierungen kosten den Bürger enormes Geld. Wozu 16 Landesregierungen? Es würde reichen, Deutschland in Nord, Süd, Ost und West aufzuteilen. Millionen, ja Milliarden Euros könnten so eingespart werden. Aber solange der deutsche Bürger bezahlt und sich nicht wehrt, haben die Regierungen jeden Monat enorme Summen, welche sie in Ruhe verschwenden können. Tabaksteuer, Mineralölsteuer, Kaffeesteuer, Mehrwertsteuer... Eine unendliche Liste, die es dem Staat ermöglicht, seine Verschwendungssucht zu befriedigen. Wer weiß denn heute noch, dass die *„Schaumweinsteuer"* am Anfang des letzten Jahrhunderts zur Finanzierung der kaiserlichen Flotte eingeführt wurde? Wir bezahlen diese Steuern heute noch. Warum unternimmt der Staat nichts gegen die hohen Spritpreise? Er verdient das Meiste durch dessen Verkauf. Statt die KFZ Steuern in den Straßenbau zu reinvestieren, werden Sozialkassen und sonstige Ausgaben des Staates mit diesem Geld finanziert. Dementsprechend sehen unsere Straßen und Autobahnen aus, ganz zu schweigen, von den maroden Brücken, die zu tausenden das Landschaftsbild in ganz Deutschland prägen. Müssen erst einige Brücken, wie in Italien geschehen, einstürzen, bevor etwas geschieht???

Die Einheit hat uns Billionen gekostet, obwohl ich heute noch die Worte des damaligen Bundeskanzlers im Ohr habe: Die Einheit wird uns keinen Pfennig kosten. Seit 30 Jahren zahlen wir den Solizuschlag. Aus dem Kanzleramt hieß es vor wenigen Jahren: Den können wir nicht abschaffen, da wir nicht wissen, wie die Milliarden gegenfinanziert werden könnten. Welch ein Armutszeugnis der Politik. 2019 hat sich die Politik endlich entschlossen, den Soli in großen Schritten (teilweise) abzuschaffen. Dafür „entdeckte" die Politik die CO 2 Steuer, welche, da nicht zweckgebunden, den Soli teilweise ersetzen wird. Man kann es in keine einfachere Formel bringen, um dem Bürger zu zeigen, dass er die „Melkkuh der Nation" ist. Immer mehr Menschen leben, obwohl die Politik nicht müde wird das Gegenteil zu betonen, an der Armutsgrenze. In vielen Familien gibt es im letzten Drittel des Monats nur noch Nudeln mit Soße, weil das Geld alle ist.

Auch die Worte eines ehemaligen Ministers sind legendär: Die Rente ist sicher. Dabei wird die Rente von Jahr zu Jahr immer weniger. Die Erhöhungen gleichen in den meisten Fällen nicht einmal die Inflationsrate aus. Dass die Pensionen der Politiker sicher sind, ist keine Frage. Obwohl nie ein eigener Beitrag gezahlt wird, bekommt ein Mitglied des Bundestags oder der Landesregierung schon nach wenigen Jahren eine Rente, die ein normaler Arbeiter, selbst mit lebenslang eingezahlten Höchstbeiträgen nicht erreichen kann. Ob diese Pensionen nun aus der Rentenkasse oder dem Mehrwertsteuertopf gezahlt werden, ist für uns Bürger ohne Belang. Zahlen müssen – wie immer – wir, die kleinen Leute. Wann müssen Politiker eigene Beiträge zahlen? Wann werden sie zur Rechenschaft gezogen, wenn unsere Steuergelder verprasst oder verschleudert werden? Jeder kleine Unternehmer muss sich absichern, damit durch gemachte Fehler keinem ein Nachteil entstehen kann. In der Politik spielen Fehler keine Rolle. Im Klartext: Geht wählen, bezahlt und ansonsten haltet euch aus allem raus. Ist dies das richtige Politikverständnis? Die Wahlbeteiligung bei den einzelnen Wahlen zeigt, wie Politikverdrossen der Bürger ist. *„Die machen doch ohnedies, was sie wollen..."*

Da wurden Milliarden zur Rettung der Banken in ganz Europa aus dem Fenster geworfen, damit diese dann lustig so weitermachen konnten, wie zuvor. Die Zinsen auf Guthaben sind auf Rekordtief. Trotzdem zahlen wir enorme Zinsen, wenn das Konto überzogen werden muss. Spareinlagen erwirtschaften keine Zinsen mehr, sondern verbrennen das Guthaben. Jahrelang wurde uns gepredigt, jeder muss für seine Rente selbst etwas tun. Politik und Lobby wurden nicht müde, uns die Lebensversicherung zu empfehlen. Heute kann jeder froh sein, wenn er am Ende die eingezahlten Beiträge, als Guthaben wieder ausgezahlt bekommt. Mit Genehmigung der Politik wurde der *„Garantiezins"* einfach nach unten korrigiert. Was ist solch eine Garantie dann noch wert?

Die Politik betont, dass die Bürger mehr ausgeben als je zuvor und führt das auf die gute Wirtschaft zurück. Ist es vielleicht nicht aber die Angst, bald auch noch die letzten Euros vom Staat aus der Tasche gezogen zu bekommen? Oder ist es die Angst, dass der Euro vielleicht bald nichts mehr wert sein könnte?

Nun aber zurück zum eigentlichen Thema, dem Pflegenotstand und dessen Folgen.

Der medizinische Dienst kommt mit den Beurteilungen und Einstufungen nicht nach. Oft wird nach Aktenlage entschieden, oder ein Bescheid wird monatelang hinausgezögert. Der Patient könnte ja in der Zwischenzeit versterben – Geld gespart. Die wenigsten Betroffenen nutzen die Möglichkeit des Widerspruchs, der fast immer eine höhere Einstufung zur Folge hat. Wer sich nicht wehrt, hat schon verloren.

Private Pflegedienste schießen seit Jahren wie Pilze aus dem Boden. Auch da gilt es, die seriösen von den „Abzockern" zu unterscheiden. Ich kann nur jedem Betroffenen raten, einen Wechsel vorzunehmen, wenn er mit seinem Pflegedienst nicht zufrieden ist. Keiner sollte Angst haben, einen neuen Pflegedienst in Anspruch zu nehmen, denn es gibt wirklich Dienste, die ihre Arbeit noch als Hilfe in der Not verstehen und nicht das schnell verdiente Geld im Blick haben. Dienste, die wegen dem „schnellen Euro" eröffnen, sind meist ganz schnell wieder von der Bildfläche verschwunden, da sie erkennen müssen, dass sich mit der Pflege keine goldene Nase verdienen lässt.

Zu diesem Kapitel ist erneut ein Nachtrag notwendig

Tatsächlich hat sich in der Ausbildung zur Pflege etwas getan. Altenpflege und Krankenpflege sollen nun in einer Ausbildung stattfinden und erst im letzten Teil sich dann auf ein „Spezialgebiet" konzentrieren. Das ist bestimmt ein Schritt in die richtige Richtung, wird aber bestimmt noch nicht das „gelbe vom Ei" sein.

In der letzten Zeit wurden die tollsten Vorschläge von Politikern gemacht, um den Notstand in der Pflege zu beheben. So wurde vorgeschlagen, Asylanten als Pflegekräfte auszubilden oder als Pflegehelfer in den Dienst zu integrieren. Da ich das Thema „Asyl- und Flüchtlingspolitik" bewusst nicht erwähne, da ich persönlich diese Politik als einen der größten Fehler unserer Zeit ansehe, will ich mich auch dazu nicht näher äußern. Bevor Flüchtlinge, so leid mir ihr Schicksal auch tut, in der Pflege eingesetzt werden, sollten sie zunächst die Sprache erlernen. Da ich mein Leben lang mit Alten und Kranken umgegangen bin, kann ich mir gut deren Schreck vorstellen, wenn plötzlich eine Person an ihrem Bett steht, sie pflegen oder betreuen soll, aber nicht in der Lage ist, sich sprachlich verständlich auszudrücken.

Auch die derzeitige Corona Krise soll erwähnt werden.

Plötzlich sind Pfleger, Sanitäter, Feuerwehr, Polizei und Angestellte im Einzelhandel die *Helden des Alltags"*. Finanzhilfen, Gehaltszulagen, Einmalzahlungen – alles steht im Raum. Die Politik wird nicht müde, diese Berufsgruppen ehrend zu erwähnen. Was im Endeffekt bleiben wird, zeigt die Zukunft. Es ist zu befürchten, dass die Politik, je länger diese Krise anhält, ihre Versprechen vergessen wird. Plötzlich werden Milliarden Euros verteilt, die als Schulden aufgenommen werden müssen, die uns für Generationen an den Rand des Ruins bringen werden. Jedes Bundesland, jede Firma (egal, ob groß oder klein), natürlich auch die EU und die WHO, gieren nach der Unterstützung des Staates, sprich, nach unseren Steuergeldern. Woher aber kommen diese Gelder, wenn alle Firmen ihre Mitarbeiter in Kurzarbeit schicken oder sie entlassen? Keiner kann uns sagen, wohin dieses Chaos noch führen, und wie lange es andauern wird. Politik und Wissenschaft sind sich in vielem nicht einig. Der Bürger wird aufgefordert, wo immer es möglich ist, sein trautes Heim nur für *absolut notwendige Besorgungen* zu verlassen und sonst lieber in den sicheren Wänden des eigenen Heimes zu bleiben. Wenn ich aus dem Fenster meiner Wohnung auf das Leben in Köln schaue, sehe ich oft das genaue Gegenteil. Die Maskenpflicht wird kaum eingehalten. Gruppen gehen spazieren, ohne den Mindestabstand einzuhalten, auch wenn sie offensichtlich nicht aus einer Familie sind. Das ist bei jungen Leuten und Personen mit Migrationshintergrund sehr oft zu sehen. Wenn jeder verstehen würde, wie es die Wissenschaftler auch fordern, dass wir diese Krise am ehesten hinter uns bringen können, wenn jeder (für eine gewisse Zeit) zu Hause bleibt, müsste es auf den Straßen leer aussehen. Mit jedem Schritt der Lockerung sind mehr und mehr Menschen der Annahme, *„das Ende der Krise"* ist nahe. Welch eine falsche, ja gefährliche (lebensgefährliche) Auffassung.

Halten wir durch!

Bleiben wir, wo immer und wann es geht, zu Hause.

Wahren wir den Mindestabstand und halten wir uns an Kontakteinschränkungen.

Fragen wir öfters bei unseren Nachbarn, besonders den Gefährdeten, nach, ob sie Hilfe brauchen. Greifen wir zum Telefon und rufen unsere Freunde und Bekannten an. So halten wir (hoffentlich) unseren Freundeskreis zusammen und haben die Möglichkeit, wenn diese Krise – irgendwann – ein Ende hat, an unser „altes Leben" anzuknüpfen.

Wir wünschen unseren Lesern alles Gute, halten sie durch

und bleiben sie gesund!!!

* * *

Weitere Veröffentlichungen des Autors:

Die Weltenbummler in Goa

Endlich mal wieder ausgiebig Zeit, etwas Neues zu entdecken. Dieses Mal sollte es Indien sein. Den Norden, mit seinen touristischen Sehenswürdigkeiten und Kerala, im Süden, mit den herrlichen Stränden hatten die Weltenbummler schon mehrfach bereist. Taj Mahal, das rote Fort, Palast der Winde und Amber Fort waren für sie faszinierend. Nach Goa, dem Traumziel für unzählige Aussteiger und Backpacker hatten die Zwei es bisher nicht geschafft. Jetzt wollten sie sich drei Monate Zeit nehmen, die herrlichen Strände und deren Hinterland zu erkunden. Dass es im Hinterland nicht viel zu entdecken gab, die Strände dafür alle Erwartungen übertrafen, wurde ihnen recht bald klar.

In Form eines Reisetagebuchs, mit knapp 200 Bildern in Schwarz/Weiß und Farbe berichten die zwei Weltenbummler ihre Erlebnisse vor Ort. Von raffgierigen Taxifahrern, aber auch extrem günstigen Reisemöglichkeiten in öffentlichen Bussen, von Fressgelagen am abendlichen Strand und vielfältigen Genüssen in einfachen und gehobenen Restaurants wird berichtet. Im Internet zu arbeiten oder den eigenen Blog hochladen, war zeitweise unmöglich und verlangte unendliche Geduld. Und immer wieder die Frage von einheimischen Bediensteten: „Habt ihr in Deutschland nicht einen Job für mich?"

Sonne und heiße Temperaturen waren an der Tagesordnung. Doch plötzlich war nichts mehr, wie es vorher war. Das Corona Virus beherrschte die Welt und breitete sich rasant aus. Per WhatsApp und E-Mails wurden die Zwei von den Freunden zu Hause immer öfters und intensiver aufgefordert, Goa baldigst zu

135

verlassen. Den Beiden wurde immer mehr bewusst, dass es nur eine Möglichkeit gab, dem Chaos die Stirn zu bieten und gesund der Krise zu entkommen: Nichts wie ab nach Hause! Leider stellte sich heraus, dass dies einfacher gesagt, als getan war. Endlich zu Hause angekommen, fühlten sie sich wie in einer fremden Welt.

ISBN Paperback   978-3-347-09992-0

ISBN Hardcover   978-3-347-09993-7

ISBN e-Book   978-3-347-09994-4

* * *

Die Weltenbummler auf Kreuzfahrt

121 Tage auf einem Schiff. Und das, obwohl sie nie eine Kreuzfahrt gemacht hatten. Ob das wohl gut geht? Achim hatte schon immer mit Reiseübelkeit zu tun, weshalb Freunde ihm von der Reise abrieten, Gerd, als Nichtschwimmer, war ohnedies kein Freund des Elementes „Wasser".

Und doch entschlossen sie sich, dieses Abenteuer zu wagen. Rund um die Welt, ohne dazwischen immer wieder Koffer packen zu müssen. Geputzt, gewaschen und gekocht zu bekommen – das versprach Urlaub vom Feinsten. Dass die Realität anders aussieht, konnten sie zu diesem Zeitpunkt nicht ahnen.

Am Ende der 121 Tage auf der MS Magellan konnten sie mit bestem Gewissen sagen: „Es war schön, aber so eine Kreuzfahrt so schnell bestimmt nicht mehr – schon gar nicht mit CMV, dieser englischen Gesellschaft". Sie waren froh die vier Monate ohne Schaden für Leib und Leben überstanden zu haben, auch wenn die Erlebnisse auf dem Schiff oft das Schlimmste versprachen. Husten und Erkältungskrankheiten waren an der Tagesordnung. Das Wasser, welches durch die Decke kam und in verschiedenen Decks die Kabinen flutete verursachte zusätzliche Sorgen.

Dennoch gab es auch sehr viele tolle Erlebnisse: Einmalige Blicke auf die Opera Hall in Sydney, die Reisfelder und Tempel auf Bali und die vergessene Stadt Petra in Jordanien. Auch Jerusalem hätte zu einem tollen Erlebnis werden können, wenn... ja, wenn... 121 Tage war bisher nicht die längste, aber eine der aufregendsten Reisen der Weltenbummler. In Form eines Tagebuchs, mit vielen Fotos reich illustriert können sie diese einmalige, abenteuerliche Reise miterleben.

ISBN Paperback: 978-3-7439-4730-6

ISBN Hardcover: 978-3-439-4731-3

ISBN e-Book: 978-3-7439-4732-0

* * *

Schwarzwaldjunge, Weltenbummler – Biographie eines Jedermann

In einfachen, klar verständlichen Worten erzählt der Protagonist aus seinem Leben. Nach einer glücklichen, völlig unkomplizierten Kindheit folgt eine viel kompliziertere Jugend, in welcher er sich fragt, warum er sich plötzlich in einen Jungen verliebt. Die Jahre bei den Jesus People und in der Moon Sekte prägten ihn auf ganz besondere Art.

Der Liebe wegen zieht er 1999 nach Köln, wo er nach längerer Krankheit aus dem Pflegeberuf aussteigen muss und bis vor wenigen Monaten eine ambulante, medizinische Fußpflege und private Seniorenbetreuung betrieb.

Heute lebt er immer noch in Köln, träumt jedoch nicht mehr von einem erfüllten, glücklichen Leben, sondern lebt seinen Traum.

* * *

In Vorbereitung: Pflege mit Herz

Eine Serie aus dem Leben eines Pflegedienstes.

Moritz und Mario, zwei Krankenpfleger beschließen, den Schritt in die Selbstständigkeit zu wagen. Mit Hilfe von Abeitskolleginnen und zwei Ärzten aus der Klinik gelingt es ihnen recht schnell, einen florierenden Pflegedienst zu etablieren. Was sie mit den Kunden in deren persönlichem Umfeld erleben, fordert sie oft mehr heraus, als die Arbeit in der Klinik, wo die zwei Pfleger jahrelang im Operationssaal tätig waren. Es entwickeln sich schnell sehr persönliche Beziehungen zur Kundschaft. Oft kommen sie an die Grenzen des Machbaren.

Ist es tatsächlich die Demenz, welche Frau Schwartz alles in Frage stellen lässt? Hat das Ehepaar Weinberger noch eine Chance, trotz der schweren Krankheit des Mannes, etwas aus den letzten Jahren zu machen? Hat Lilo Wagner nach langen Jahren in der Psychiatrie tatsächlich die Kraft, sich wieder in ein "normales Leben" zu integrieren? Lustige, aber auch traurige Ereignisse prägen ihren Arbeitstag. Sie erleben Freude und Schmerz in vielfältigen Variationen. Ihre persönliche, homosexuelle Beziehung wird dabei oft auf eine harte Probe gestellt.

Der 1. Teil wird in Kürze bei tredition veröffentlicht.

Zeitfracht Medien GmbH
Ferdinand-Jühlke-Straße 7
99095 Erfurt, Deutschland
produktsicherheit@kolibri360.de